Sonya
ソーニャ文庫

その傷痕に愛を乞う

小出みき

イースト・プレス

contents

序章

揺らめく火影《ほかげ》に傷痕《きずあと》が浮かび上がった。

左肩から二の腕にかけて、いくつもの傷を縫《ぬ》い合わせた痕が連なっている。凶猛な顎によって嚙《か》み裂かれた痕。終生消えることのない悲劇の刻印だ。

注がれる強い視線にたじろぎ、セラフィーナは顔をそむけた。

逃げ出したくなるのを、唇を引き結んで堪《こら》える。決めたのだから。彼には隠さないと。この傷痕を愛してやまない彼だけには。

感極まったような吐息が聞こえ、羞恥《しゅうち》で頰《ほお》が火照《ほて》った。

「……なんて綺麗《きれい》なんだ」

うっとりした囁《ささや》きは紛れもなく本気だ。同情も慰《なぐさ》めも、そこにはない。彼はこの傷を心の底から美しいと信じきっている。

それが愛の証だから。

彼を救おうと、セラフィーナは迷うことなく獰猛《どうもう》な大型犬に突進した。何も考えてはいなかった。ただ愛する人を救いたかっただけ。

悔いてはいない。何度だってきっと同じことをする。

だけど——。

自分はもう、彼にふさわしくない。否が応にも彼が背負わねばならない、その立場には。なのに彼は諦めようとしない。強引に攫《さら》っておきながら、足元に身を投げ出してなりふり構わず愛を乞う。

傷を負うことでセラフィーナは完璧な愛となった。本来彼が負うはずだった傷をその身に刻んだ、聖痕《せいこん》の乙女。ゆえにその傷痕は称賛すべき美そのものだ。

言葉の綾《あや》でもなんでもなく、本気で彼は傷痕を美しいと感じている。それを理解して初めて、セラフィーナは彼が傷痕を見ることを許した。

部屋の灯りはすべて落とされ、暖炉の炎だけが寝室を仄昏《ほのぐら》く浮かび上がらせている。セラフィーナの左側にある炎は、その熱と光とで剥《む》き出しの肩と腕をくっきりと照らし出した。

彼は食い入るようなまなざしを傷痕に注いでいた。その視線は餓《う》えた猛獣を思わせる。辛抱強く何日も獲物を追った狼は、飛びかかる瞬間、きっとこんな目をするに違いない。

刹那《せつな》、セラフィーナは観念した。

許してしまった以上、どうなろうと受け入れるしかないのだ。もう彼を拒否する手立てはない。己を守っていた最後の砦が崩れてしまった。

「綺麗だ……」

彼は熱に浮かされたような口調で囁き、顔を近づけると傷痕にそっと唇で触れた。

「……っ」

ぞくっとする感覚が内奥から湧き上がる。肩にくちづけられただけなのに、繰り返し悦楽を教え込まれた花肉が敏感に疼《うず》いてしまう。羞恥に唇を噛み、顔をそむけてセラフィーナは小さく震えた。

彼は触れるか触れないかの距離で唇を滑らせていたが、舌先でちろりと傷痕を舐《な》められたとたん、鋭い疼痛《とうつう》が下腹部を襲った。

「んッ……！」

乳首がピンと張りつめ、上気した乳房が速まる呼吸に連れて重たげに揺れる。

まるで秘裂を直接舐められているみたいな刺激にセラフィーナは惑乱した。ただ肩口を唇と舌でたどられているだけなのに、触れられてもいない花芯が疼いてたまらない。

太棹がふたたび勃ち上がり始めている。傷痕を舐めながら彼もまた己を昂らせていることを知り、ますます媚唇が疼いた。

たまらず膝立ちになると、とろりと蜜が滴《したた》った。ほとんど無意識にセラフィーナは彼自身に手を伸ばしていた。おずおずと触れただけで雄茎は硬さを増し、たちまち天を衝《つ》くように直立する。淫涙をこぼす先端が、蕩けた蜜口をまさぐるように突つく。

セラフィーナは快楽への期待で潤む目を瞑《つむ》り、膝の力を抜いた。

ぬぷぷっ……と剛直が花筒を穿《うが》ち、ずんっと奥処に突き当たる。みっしりと張りつめた怒張で隘路をいっぱいに塞がれる快感に、セラフィーナは身震いした。

貫かれただけで軽く達してしまい、花弁がひくひくとわななく。熱い吐息を洩《も》らし、セラフィーナは恍惚として腰を揺らした。

濡れた粘膜を突かれるたび、くちゅ、ぷちゅ、と淫靡《いんび》な音が結合部から上がる。

(気持ちいい……)

彼に跨《また》がってうっとりと腰を振っていると、彼が手を伸ばして傷痕を撫《な》でた。軽く摘まんでみたり、親指の腹でさすったり、左肩全体をくるくると撫で回したり。それだけで官能を妖しく刺激され、セラフィーナは淫らに喘ぎながら腰をくねらせた。

彼の指が傷痕をたどるたび、新たな快感が内奥から噴水みたいに湧き上がる。

「エ……リオ……ット」

愉悦に蕩けた瞳で見下ろすと、彼は満足そうに微笑《ほほえ》んだ。その美しい、蒼《あお》い瞳に、自分の乱れた痴態が映っていると思うだけで陶然《とうぜん》となってしまう。

エリオット。

わたしの王子様。

「あ……ッ」

誰よりも大切な人。

わたしの傷はあなたのもの。

だから。

あなたの心の傷も、わたしだけのものなのよ――。

第一章　白日夢

頭上から聞こえる囀《さえず》りに、ふと顔を上げた。

晴れやかな夏の陽射しが梢越《こずえご》しにきらめき、小鳥がパッと飛び立つ。セラフィーナは微笑んで読んでいた本に視線を戻した。落ちかかる亜麻色《あまいろ》の髪を掻《か》き上げ、次の頁《ページ》をめくろうとしたとき——。

ゴツン、と鈍い音が響いた。訝《いぶか》しげに視線を向けると、目の前にある桟橋《さんばし》に白いボートがぶつかっている。セラフィーナの家のものではない。船底に穴が空いてしまって修理中なのだ。

琥珀色《こはくいろ》の目を瞬《しばたた》き、セラフィーナは読みかけの本を置いて立ち上がった。ボートは桟橋の杭に引っかかってゆらゆら揺れている。

桟橋からおそるおそる小舟の中を覗《のぞ》き込み、ハッと息を呑《の》んだ。金髪の美しい青年が、座席の間に横たわっていたのだ。

一瞬、死んでいるのかとぎょっとしたが、よくよく見れば白いシャツの胸元が規則正しく上下しており、頭はクッションに乗っている。

眠っているだけだとわかってセラフィーナはホッとした。

（綺麗な人……）

まるで、今読んでいた恋愛小説《ロマンス》に出てきた王子様みたい。

セラフィーナは桟橋の端にしゃがみ、眠れる美青年を惚《ほ》れ惚れと眺めた。年の頃は二十代の前半だろうか。二十五歳の兄よりは少し年下のようだ。

着ているのは白いシャツとトラウザーズ。頭の側にカンカン帽《ボーター》が落ちている。顔に載せていたのが落ちてしまったのだろう。足元には銀の握りのついたステッキが転がっていた。

（お兄様より綺麗な男の人がいたのね）

この世で一番ハンサムな男性は兄だとばかり思っていたけれど。

見とれているうちに舳先の引っかかりが解け、ふたたびボートは流れ始めた。

「あっ……」

セラフィーナは焦って立ち上がった。急いでもやい綱を結ぼうと苦戦するうちにボートは桟橋から離れてしまう。これではもう飛び移るしかない。

セラフィーナは意を決し、桟橋を蹴《け》った。

偶然にもその瞬間、眠っていた青年の瞼《まぶた》が開いた。スカートの裾《すそ》を翻《ひるがえ》して宙を舞う少女の姿が、彼の目に映る。少女は転がるようにボートに着地するやいなや、手早くもやい綱を結びつけた。

「ふぅ。これでよしっ、と」

額をぬぐって振り向いたセラフィーナは、上体を起こして目を丸くしている青年とばっちり視線が合ってしまった。

蒼い瞳だ。まるで晴れわたる夏空みたいな――。

セラフィーナの顔が、みるみる真っ赤に染まる。

「あ……ぅ……え……!?」

うろたえていると、青年は気を取り直してオールを握った。まだそんなに離れていなかったので、すぐに桟橋に戻れた。

青年はステッキを手に桟橋に上がり、もやい綱をたぐって短く結び直した。

船底に座り込んでぽかんと見上げているセラフィーナに、彼はにっこりと笑いかけた。

「やぁ、助かったよ。どこまでも流されるところだった」

差し出された手を反射的に握ると力強く引き上げられて身体が浮き、気がつけば桟橋に降り立っていた。

「さて……。ここはいったいどこなのかな」

周囲を見回す青年に、おずおずとセラフィーナは答えた。

「ヒル・アベイです」

「ヒル・アベイ？　まいったな、だいぶ流された」

　青年はさらりとした黄金の髪を無造作に掻き回して苦笑する。ふと思いついてセラフィーナは尋《たず》ねた。

「あの……。もしかして、メイナード侯爵《こうしゃく》様のお屋敷からいらしたんですか……？」

　川の上流は侯爵家の領地なのだ。青年は気さくに頷《うなず》いた。

「ああ、しばらく厄介になってる。涼しいボートでくつろいでたら、いつのまにか眠ってしまって。気付かぬうちに流されたらしい。もやい綱がゆるんでたんだな。仕方がない、ぶらぶら歩いて帰るとするよ」

「馬車をお貸ししましょうか」

　少し左脚を引きずっていることに気付いて控え目に申し出ると、青年は笑ってかぶりを振った。

「歩いたほうがリハビリになる。川沿いに歩いていけばいいんだろう？」

「そうですけど……徒歩だとたぶん二時間くらいかかると思いますよ？」

「二時間か。う～ん、どうするかな」

　彼は考え込む風情で川辺から続く草地のゆるい斜面を見上げた。ここからだとセラフィーナの住む荘園屋敷《マナーハウス》は一番高い煙突の天辺くらいしか見えない。

　思い出したように彼は尋ねた。

「ここはヒル・アベイだと言ったね？　だったら領主はエインズリー伯爵、だったかな？」

「はい。わたしは娘のセラフィーナです」

軽く膝を折って会釈すると彼は意外そうに目を瞠《みは》った。

「それじゃ、きみはソーンリー子爵の妹さん？」

「兄をご存じですか？」

ソーンリー子爵というのは父の持つ称号のひとつで、跡取りの兄はそれを儀礼爵位として名乗っているのだ。

「行き会えば挨拶《あいさつ》する程度だけどね。僕の兄とは親しくしてるよ。同い年なんだ」

「そうなんですね！」

兄の知り合いで、お互い同い年の兄がいるとわかって少し気が楽になった。

見知らぬ男性とふたりきりで話すのは初めてで、ましてや兄を上回る美貌《びぼう》の持ち主だ。

緊張せずにはいられない。

「子爵も来てるのかな？」

「いいえ、兄は王都に。両親もあちらにいます。社交期《シーズン》ですから」

「きみは行かないの？」

不思議そうに尋ねられ、どぎまぎしてしまう。

「まだ女王陛下に拝謁《はいえつ》を賜《たまわ》っておりませんので……」

「ああ、これからなのか。今はいくつ？」

「十七です」

「じゃあデビューは来年だね」

はい、とセラフィーナは頷いた。

上流階級の娘は十八歳か十九歳で社交界デビューするのが一般的だ。

ベルナデット女王に拝謁し、新人舞踏会《デビュタント・バル》に出席することで大人の女性と認められ、社交界への扉が開かれる。

「あの……馬車はこちらには下りられないのですが、この斜面を上がるのは……？」

「大丈夫、歩いて帰れるよ。平地なら杖もいらないくらいなんだ」

怪我《けが》のせいで、地方での療養を余儀なくされているのだろうか。四月から始まった社交期《シーズン》も月末には終わる。七月も残すところあと二週間と少しだ。

歩き出そうとすると、上流のほうから馬蹄《ばてい》の音が聞こえてきた。角張った顔に直線的な眉をした、いかつい青年が馬を駆っている。後ろに馬がもう一頭繋《つな》がれていた。

「エリオット！　よかった、無事だったんだな」

勢いよく馬から飛び降りた青年に詰め寄られ、彼は呆れたように両手を広げた。

「おいおい、アルヴィン。いつもながら大げさだなぁ。見てのとおり僕は無事だよ」

眉を吊り上げて言い返しかけた青年は、目を丸くしているセラフィーナに気付くと堅苦しい表情になって会釈をした。

「これはどうも、レディ・セラフィーナ・アシュビー」

「ごきげんよう、スウィニー伯爵様」

アルヴィンは上流の領主であるメイナード侯爵の長子だ。領地が隣り合っているので時折顔を合わせる。

ただ、昔から境界線問題でたびたび揉《も》めており、当主同士もあまり親しくないため最低限の社交だけの付き合いだ。

「レディ・セラフィーナのおかげで助かったよ。でなけりゃさらに流されるとこだった」

「咄嗟《とっさ》のことで……」

スカートをたくし上げて飛び移ったことを思い出し、恥ずかしくなって顔を赤らめる。

アルヴィンは丁重に会釈をした。

「それはお手数をおかけしました。——さぁ、早く帰ろう。医者が待ってるぞ」

彼は鬱陶《うっとう》しそうに手を振り、危なげなくひょいと馬に跨がるとステッキを小脇に抱えた。

巧みに馬を御しながら闊達《かったつ》な口調で尋ねる。

「レディ・セラフィーナ。きみはいつもここで読書をしてるのかな？」

「は、はい」

慌ててセラフィーナは先ほどまで寄りかかっていた木の根元を見やった。赤い格子柄の毛布《ブランケット》の上に先ほどまで読んでいた本が裏返しに転がっている。

タイトルを見られずに済んでホッとした。低俗な恋愛小説《ロマンス》など淑女《レディ》が読むものではないとされているので知られると体裁が悪い。

彼は微笑んだ。

「そう。それじゃ、また」

彼は馬の腹を軽く蹴って走り出した。慌てて自分の馬に飛び乗り、アルヴィンは帽子のふちを摘まんだ。

「今日のことはどうかご内密に」

セラフィーナはとまどったが、何か事情があるのだろうと察して頷いた。

「わかりました。どのみち兄も両親もおりません」

アルヴィンは、もう一度会釈すると先行するエリオットを追って猛然と走り出した。彼の姿はもうかなり遠くなっている。

見送っていると、エリオットがふいに振り向いて笑いながら手を振った。反射的に手を振り返し、セラフィーナは赤くなった。

（もう少しお話ししたかったな……）

なんとなく気落ちした気分で、彼を運んできたボートを眺める。そこにカンカン帽《ボーター》が落ちていることに気付き、セラフィーナは急いでボートに下りた。

拾った帽子を膝に載せ、物思いにふける。

微笑んだエリオットの顔が思い浮かび、ひっそりと頬を染めた。

『それじゃ、また』

(本当にまた会える……?)

まさか。ただの社交辞令に決まってる。あんなに綺麗で身分の高そうな人が、わたしみたいな田舎娘を相手にするはずないじゃない。

父はイングルウッド王国の名門貴族で、いくつもの領地を持つ大地主だが、その娘とはいえセラフィーナはまだ一度も王都に行ったことがなかった。両親と顔を合わせることすら滅多にない。

家同士の思惑だけで結ばれた両親は最初から不仲で、どちらも子ども嫌いだ。この屋敷に滞在しているときでさえ毎日のしきたりとして挨拶を交わすだけで、和やかな家族団欒《だんらん》など皆無だった。

母のグロリアは名門出の美女で、〈社交界の華《ソーシャライト》〉ともてはやされている。どちらかというと内気なセラフィーナは、普段着姿でも圧倒的な存在感を放つ母の前では萎縮してしまい、気まぐれに何か問われてもはきはき答えることができなかった。

そんな娘がグロリアは気に入らず、捨てておいて顧《かえり》みることがなかった。

父もまた子どもはうるさいから嫌いだと公言して憚《はばか》らない人だった。父が在宅中は子ども部屋のある三階から下りることを許されず、兄とふたり、息をひそめるようにして日々を送った。

乳母や子守を除けば八つ年上の兄だけが心の拠《よ》り所だった。だが兄は十四になると寄宿学校へ遣《や》られ、セラフィーナはひとりになってしまった。

領地の中でも王都から最も遠いヒル・アベイに両親が来るのは狩猟の時期に限られた。そのときだけはふだん静まり返っている館が息を吹き返したかのように華やぐ。

だが、その場にセラフィーナはいない。子どもは挨拶の時間以外、大人の前に姿を見せてはいけないのだ。

屋敷に集まる客たちは誰もが父や母のように洗練され、キラキラときらめいて見えた。それにひきかえ自分はなんて野暮《やぼ》ったいのだろう。これでは母が顧みないのも当然だ。

休暇になると戻ってくる兄も、どんどん大人っぽく都会的になっていった。劣等感が増す一方でセラフィーナは淡い期待を抱いてもいた。

野暮ったい自分だって、王都に出て社交界デビューすれば綺麗になれるのでは、と。

母には及ばずとも、顔の造作自体はたぶんそう悪くないはずだ。

来年セラフィーナは十八になる。両親からはまだ何も言われていないが、特に問題がなければ女王への拝謁を経て社交界にデビューできるだろう。

王都へ出て、母のように洗練された存在になることがセラフィーナの夢だった。母は遥かに遠い人であるがゆえに、その美しさや機知への憧れはいや増した。

ボートに腰かけ、麦わらを固く編んだ帽子をそっと撫でながらセラフィーナは夢想した。

(社交界に出たら、またあの人に会えるのかしら)

たまたま出会った田舎娘のことなどすっかり忘れているだろうけど。それとも、見違えるほど綺麗になっていたら思い出してくれる……？

(馬鹿ね)

苦笑いしてかぶりを振る。

会ってどうするというのだ。彼のような男性には、それこそ美貌と財力を誇る名家の令嬢が群がっているに違いない。

セラフィーナとて名門伯爵令嬢として対抗できる立場ではあるが、他人を押し退けて前に出るのは性格的に絶対無理。割り込むことすらできず、令嬢たちの壁を呆然と眺め、すごすご引き下がるのが関の山だ。

(遠くから眺めるだけでいいわ)

恋愛結婚に憧れていたって理解はしている。結婚相手は親が決めるものなのだと。

地位と財産の釣り合う人物の中からこれはという相手を親が選び、娘はそれに従う。両親を見ていれば貴族の結婚がそういうものであることは厭《いや》でも思い知らされる。

親が認める相手と恋愛できればいいけれど、そう都合よくいくわけがない。社交界への憧れと恐れの板挟みになってセラフィーナは溜め息をついた。

栈橋に上がり、元いた場所に戻って本を手に取る。

本当は読むことを禁じられている恋愛小説《ロマンス》。厳格な家庭教師《カヴァネス》に見つかれば即座に取り上げられてしまう。今日は彼女が休暇で出かけているので外に持ち出したが、普段は抽斗《ひきだし》の奥に隠してあった。

淑女《レディ》が読むものではないとされていても巷《ちまた》では女性に大人気だ。王都の書店に頼んでおいて、新刊が出たら送ってもらっている。家庭教師《カヴァネス》の目をごまかすため、宛て先は小間使いのエミリーにしてある。彼女も恋愛小説《ロマンス》好きだから協力してくれるのだ。

セラフィーナはパラパラと頁をめくり、少し読んでは毛布《ブランケット》の上に置いたカンカン帽《ボーター》を眺め、物思いにふけった。

（もしかして、夢を見たんじゃないかしら？　本当は流れてきたボートにあったのはこの帽子だけだった……とか）

流れてきたボートに世にも稀《まれ》な美青年が乗っていたなんて現実離れしすぎている。まるでお話みたい。

（古い物語にあった気がするわ。美しい小舟に乗って、死せる王女が流れてくるのよ）

王女が一目惚れをして死ぬほど恋い焦がれた騎士は、亡くなった王女を哀れんで神に祈る。

今回流れてきたのは男性だから、物語とは逆に乙女——わたし！——が彼を見つけるの。そしてやっぱり一目惚れしてしまって恋煩《こいわずら》いに陥るんだわ。寝込んだところに噂を聞いた彼——王子様が駆けつけてプロポーズ。そしてふたりはいつまでも幸せに暮らしましたとさ。

ぷっ、とセラフィーナは噴き出した。

「いやだ、本当に恋愛小説《ロマンス》の読みすぎね！　お兄様の仰《おっしゃ》るとおりだわ」

兄は無関心な両親の分までセラフィーナを愛し、かわいがってくれるが、恋愛小説《ロマンス》に関してだけはまったく理解がない。

このようなものを読むと馬鹿になり、妄想にかられて道を踏み外すと決め付けて全部処分されてしまった。読んでいいのは恋愛要素抜きの古典文学とお堅い歴史書だけだ。

目上の者には逆らわぬよう厳しくしつけられたセラフィーナだったが、恋愛小説《ロマンス》だけはどうしても諦めきれなかった。

馬鹿になったと思われないために、兄がリストアップした古典も読んでいるが、やっぱり退屈で、ついつい波瀾万丈《はらんばんじょう》、荒唐無稽《こうとうむけい》な物語に手が伸びてしまう。

セラフィーナは本を閉じ、ふたたびカンカン帽《ボーター》を手に取った。ざらざらした麦わらの手触り。きっちり巻かれた黒いハットバンド。

忘れたと気付いたら取りにくるかも。それとも届けるべき？

こういう帽子は一夏で使い捨てるものだから、わざわざ取りにはこないかもしれない。だったら記念にもらってしまおうか。いやいや、デビュー前とはいえ淑女《レディ》たるもの、そんなはしたない真似をしてはいけない。

「……やっぱり届けたほうがいいわよ、ね」

流れてきたボートで見つけたと執事に言って、適当な箱に入れて届けるよう頼もう。誰にも言わないとアルヴィンと約束したが、ただボートに帽子があったと言うだけなら問題ないはず。

彼が誰であれ、お忍びで滞在しているのを煩わせたくはなかった。

(怪我の療養中みたいだし……)

エリオットが左脚を少し引きずっていたことを思い出す。

夕食の時間だとエミリーが呼びにくるまで、セラフィーナは本と帽子を交互に手に取ってはロマンチックな夢想とシビアな現実とを行ったり来たりしていた。

彼と再会したのは早くも翌日のことだった。

午後の勉強が終わった後、夕食までの数時間が自由時間だ。この季節、天気がよければ外で過ごすことにしている。

場所はその時々で川辺だったり、庭の四阿《あずまや》だったり、木陰のベンチだったりするが、なんとなく足が向いてまた桟橋へやってきた。

そこには昨日のボートが係留されていた。

「……変ね」

セラフィーナは首を傾げた。

侯爵家のボートが流されてきたことは、帽子を届けたとき向こうの執事に伝えるよう頼んである。帽子は昨日のうちに届けさせたと報告があったから、もうとっくに使用人が荷車で運んでいったとばかり思っていたのだが――。

ボートを覗き込んでセラフィーナはびっくりした。昨日と同じように白いシャツとトラウザーズを着た男性が横たわっていたのだ。顔の上にカンカン帽《ボーター》を載せて。

足音で気付いたのか、カンカン帽《ボーター》が持ち上がる。蒼い瞳が悪戯《いたずら》っぽくきらめいた。

「やぁ、レディ・セラフィーナ」

「え……？　えっ、ど、どうして……？」

混乱するセラフィーナに彼はにっこり微笑んだ。

「今日は流されたんじゃないよ。自分で漕《こ》いできた。帽子を届けてくれたお礼を言いたくてね。正面玄関から訪ねるのが礼儀だけど、伯爵夫妻や子爵が来てたら面倒だと思って」

冗談っぽく言って軽く頭を下げる。芝居がかったしぐさだが厭な感じはしなかった。ふざけていても品があり、育ちのよさが窺える。

「今日は忘れないように帽子はしっかりかぶっておこう。よかったら乗らない？　繋いであるから流される心配はないよ」

一瞬ためらったもののセラフィーナは頷いた。差し伸べられた彼の手を取ってボートに乗る。彼は座席の下からバスケットを取り出した。

「お茶でもどうかな。まだそんなに冷めてないと思うけど」

バスケットの中から分厚い綿の入ったティーコジーに包まれたポットと、ティーカップがふたつ出てくる。彼はカップに紅茶を注いで差し出した。

「あ、ありがとうございます」

口をつけると紅茶はまだ充分温かかった。ゆったりと流れる川に浮かんだボートで夢のような美青年とお茶を飲んでいる。セラフィーナは自分の頬をきゅっと引っ張った。

「どうしたの？」

「夢でも見ているのかと思って……」

正直に答えると、彼はおもしろそうにくっくっと笑い出した。

「で？」

「現実……みたいです」

「おもしろい子だなぁ」

「すみません」

「なんで謝るのさ？　褒《ほ》めたのに」

不思議そうに首を傾げると、さらりと揺れた金髪が木漏《こも》れ日を受けてやわらかく輝いた。おもしろいなどと言われたのは初めてで、どう反応していいかわからずお茶を飲む。おもしろいどころか、いつも母には『つまらない子』と貶《けな》されてばかりなのに。

そんなセラフィーナを彼は興味深げにしげしげと眺めた。異性からこれほど注視されるのは初めてで、どぎまぎしてしまう。

（な、何かわたし変なのかしら……!?）

焦っていると、彼はふっと笑みを洩らした。

「もともと取りにこようとは思ってたんだ」

「えっ、何をですか？」

「帽子」

彼はカンカン帽《ボーター》のふちを指でちょっと押し上げてみせた。

「忘れたことには途中で気付いたけど、明日取りに行けばいいかと。夜にこちらの従僕《フットマン》が届けにきたからがっかりした」

何故がっかりするのかとセラフィーナは混乱した。

「す、すみません。すぐに届けたほうがいいと思ったのですが、差し出がましかったでしょうか」

「いや、そういう意味じゃない。手紙もついてなかったしね」

「それは……内密にとスウィニー伯爵に言われたものですから……」

「アルヴィンの奴、そんなこと言ったのか？」

彼が顔をしかめたのでセラフィーナは慌てて言い足した。

「人目に立つのは避けたいんじゃないかと、勝手に考えたんです。お気に障ったらごめんなさい」

彼は面食らったようにセラフィーナを眺め、軽く噴き出すように笑いながら手を振った。

「全然そんなことないよ。きみの言うとおり、あまり人に会いたい心境じゃないのは本当だ。でも、何故だかきみにはまた会いたくてね」

深い蒼の瞳で見つめられ、どきっと鼓動が跳ねる。彼は機嫌よさそうに微笑んだ。

「川沿いなら、いたとしても羊くらいだろう。しかしきみの読書の時間を邪魔したのなら申し訳ない」

「えっ？　あ、いえ……」

傍らに置いた本を焦って横目で見る。さいわい今日持ってきたのは誰に見られても恥ずかしくない正統派古典文学作品で、読んでおくよう兄から言われたもののひとつだった。

「大丈夫です。急いで読まなきゃいけないものでもないですから」

「それならよかった」

彼はにっこりした。

「あの……。お名前を伺ってもいいですか？」

おそるおそる尋ねると、彼は何故か面食らったような顔をした。

「……言わなかったかな」

「スウィニー伯爵が『エリオット』と呼ぶのは聞きましたが……」

「うん、エリオットだよ。ただのエリオット」

お忍びだから身元を明かしたくないのだと納得してセラフィーナは頷いた。

「わかりました、エリオット様」

すると彼は少しムッとしたような顔つきで、ぶっきらぼうに言い返した。

「だから、ただのエリオットだって」

「ご、ごめんなさい」

他意はなかったのだが何か気に障ったらしい。急いで謝ると彼は後悔したように首を振った。

「ごめん。不躾《ぶしつけ》だったな。きみが怪しむのも無理はない」

「そういうわけでは……っ」

全力でかぶりを振ると彼は目を丸くし、苦笑しながら紅茶のお代わりを注いだ。

「療養ついでに休暇中……ってとこなんだ。しばらく気ままにのんびりしたくてね」

「お邪魔はしません、絶対に」

きっぱり言うと、彼は紅茶を一口飲んで愉しげに肩を揺らした。

「変わったお嬢さんだなぁ。――あ、変な意味じゃないよ。褒めてる」

おもしろいとか変わってるとか、褒め言葉にしてはそれこそ変わっているが、彼の口から出ると本当に褒められているように聞こえるから不思議だ。

のんびりとお茶を飲みながら喋《しゃべ》っていると、馬に乗ったスウィニー伯爵がやってくるのが見えた。昨日と同じく、もう一頭馬を曳《ひ》いている。

「時間だぞ」

「早すぎる」

顔をしかめるエリオットに、アルヴィンは断固として首を振った。

「長居して、こちらの使用人に姿を見られてもいいのか？」

「……それは嬉しくないな。せっかくのんびりしてるところを邪魔されたくない」

しぶしぶ彼は桟橋に上がり、セラフィーナがボートを降りるのに手を貸した。そういえば今日はステッキを持っていない。大丈夫なのかと心配になったが、多少ぎこちなくも馬のところまで歩いていって勢いよくひとりで跨がった。

「――ふーん。どうやら痩《や》せ我慢が有効らしい」

アルヴィンが独りごち、セラフィーナは首を傾げた。

彼は角張った顔に礼儀正しい微笑を浮かべ、トップハットの鍔《つば》に指を添えて会釈をした。昨日もそうだったが、今日も隙なく乗馬服を着込んでいる。

「しつこいようですが、このことはご内密に」

「わかっています。ごきげんよう、伯爵様」

会釈を交わしていると、馬上からエリオットが呼びかけた。

「セラフィーナ」

「は、はい？」

いきなり敬称抜きで呼ばれて声が上擦《うわず》る。

「また明日来てもいいかな？　天気がよかったら」

「もちろんです……！」

「それじゃ、雨が降ってなければ今日と同じ時間に」

彼は笑顔で手を振り、颯爽《さっそう》と馬を飛ばし始めた。アルヴィンはやれやれといった風情《ふぜい》で溜め息をつくと、もう一度会釈をして後を追った。

ふたりを見送っていたセラフィーナはじわじわと笑顔になり、思わず小躍りした。

また会える。あの素敵な人に。これが夢なら、どうかまだ覚めないで――。

ところが翌日は朝から雨で、昼を過ぎると激しい土砂降りになった。がっかりしてセラフィーナは屋敷の窓から外を眺めた。

子ども部屋を出ても自室は同じ三階で、屋敷の裏側に面している。正面にある、手入れを欠かすことのない美しい庭園は見えないけれど、川へと続くなだらかな芝生《しばふ》の斜面と木立を眺められた。

川は木立の陰になっており、窓から見えるのは桟橋の一部だけだ。特にこの部屋を気に入ってはいなかったが、今は自室から桟橋が見えることを嬉しく思う。

昨日彼が乗ってきたボートはすでに回収されたようだ。セラフィーナは窓辺に腰かけて雨にけぶる桟橋を切なく眺めた。今日は彼に逢《あ》えそうにない。

雨は一日中降り続き、翌日の明け方になってようやくやんだ。昼食を挟んで外国語と歴史の授業、ピアノのレッスンと続くのをじりじりしながらやり過ごす。

教えてくれるのはすべて住み込みの家庭教師《カヴァネス》、ミス・ウィンズレットだ。数カ国語を流暢《りゅうちょう》に話し、絵画やピアノの腕前も玄人《くろうと》はだしと非常に有能な女性だが、それだけに気位が高く、傲慢《ごうまん》なところがあって他の使用人たちには好かれていない。

授業が終わるとセラフィーナは毛布《ブランケット》と本を抱え、勇んで川辺へ走っていった。それを家庭教師《カヴァネス》が冷ややかな目つきで窓から見下ろしている。

雨で濡れた芝生は朝からの陽射しでもうすっかり乾いていた。桟橋にボートが見えて胸が高鳴る。しかしそれは自分の家のボートだった。修理が終わって戻ってきたのだ。

ペンキを塗り直して綺麗になったボートを眺めてしょんぼりしていると、背後から草地を踏むやわらかな蹄《ひづめ》の音が聞こえてきた。振り向いて目を瞠る。見覚えのある葦毛《あしげ》の馬に跨がったエリオットが微笑んでいた。

「やぁ、セラフィーナ」

胸を高鳴らせながら、静々《しずしず》と膝を折って挨拶する。

「ごきげんよう。……エリオット」

彼はにっこり笑って馬を寄せた。

「よかったら乗らないか？　川沿いをぶらぶら散歩しよう」

「いいの？」

「もちろん。ほら、どうぞ」

彼は後ろに身体をずらしてセラフィーナが乗る場所を作った。手を借りて鞍《くら》の前部に横座りし、滑り落ちないようしっかり鞍に摑《つか》まると、エリオットは馬の腹に軽くかかとを当てた。

常歩《なみあし》でゆっくりと歩きながら、長閑《のどか》な川辺の風景を楽しむ。キラキラと光を反射する川面。風にそよぐ色とりどりの花々。心地よい木陰を作ってくれるポプラやシダレヤナギ。

向こう岸では草を食む羊たちの姿も遠くに見える。

　景色を眺めながら、気の向くままに話をした。広い屋敷にひとり暮らしも同然の寂しさ。王都への漠然とした憧れと恐れ。両親とは疎遠で、仲のよかった兄とも今ではたまにしか会えないこと――。

「貴族ならそれがふつうなんでしょうけど……。メイドの実家の話とかを聞くと家族仲がよさそうで、すごく羨《うらや》ましくなるの」

「その気持ちは僕もわかるよ」

　エリオットは感慨深そうに頷いた。

「僕の両親も何かと忙しい人たちで、子どもの世話は召使いに任せきりだった。挨拶だけはほぼ毎日していたけど、それだけだったな。すごく遠くに感じてた」

「遠くて、キラキラしてて、お星さまみたいな……」

「ああ、本当にそうだ」

　思いきってセラフィーナは打ち明けた。

「わたし……いつか自分が家庭を持ったら、そんなふうにはしたくないって思うの。いくらキラキラ輝いてても、冷たくて遠いお星さまより寒い夜に温もりをくれる暖炉《だんろ》がいい」

「暖炉か。いいね」

　にっこりされてセラフィーナは頬を染めた。

「だけど平凡な暖炉なんかより、きらめくお星さまのほうがいいわよね」

「そんなことないさ。星はただ眺めるしかないけど、暖炉は身体を暖められる」

真面目くさった口調に思わず笑い出すと、エリオットもまた笑顔になった。

「僕は断然、暖炉がいいな。知ってる？　暖炉には女神様が住んでるんだよ。家庭守護、ひいては国家守護の女神様で、目立たなくてもすごく重要な存在なんだ」

自分が褒められたわけでもないのに、なんだか面映《おもはゆ》くなってしまってセラフィーナはうつむいた。

（どうしよう。もしかしてわたし……この人のこと好きになってしまったかも……）

どう見たって彼こそお星さまのような人なのに。

「セラフィーナ」

「は、はい」

ふいにトーンの変わった声で呼ばれてハッと顔を上げる。振り向くとエリオットは生真面目な顔でじっとセラフィーナを見つめていた。

「冗談ではなく、暖炉がいいと思うよ、僕は」

「そ……そう……？」

「きみといると、心がぽかぽかする。きみはどう？　僕といると」

にわかに頬が火照り、セラフィーナはうつむいた。

「……ごうごうします」

「ごうごう？」

「か、火力が……強すぎて……」

くっくっとエリオットは笑い出した。

「きみって本当におもしろいな」

「笑わないで……っ」

「楽しいから笑ってるんだよ。きみを笑ってるわけじゃない。……ああ、こんなふうに笑えたのは、どれくらいぶりだろう。もしかしたら初めてかもしれないな」

彼は天を仰いで嘆息し、ふたたび視線を戻して微笑んだ。その秀麗な笑顔を、セラフィーナはぼうっと見つめた。

しばらく歩いて桟橋まで戻り、彼の手を借りて馬から降りようとした瞬間。突然、馬がビクッとしたかと思うと嘶《いなな》きながら後ろ脚で立ち上がった。

「きゃあっ……」

バランスを崩したセラフィーナは鞍から滑り落ちそうになる。

慌ててエリオットが抱き留めたものの、悪いほうの脚に体重がかかったらしく、彼もまた大きくよろめいて、ふたりは川岸のゆるやかな斜面を転がった。

（落ちる……っ）

反射的に目をつぶったが、水音は聞こえなかった。代わりにホッと溜め息が聞こえ、おそるおそる目を開けると間近でエリオットが苦笑した。

「ぎりぎりだったな」

彼の肩越しに揺れる水面が見える。まさに水際でふたりの身体は止まっていた。彼の背中のすぐ向こうはもう川だ。ちょっとでも動いたら落ちてしまいそうで抱きしめられたまま固まっていると、彼が慎重に身を起こした。

「大丈夫、落ちない」

おっかなびっくり起き上がると、期せずして同じタイミングで大きな溜め息が出た。目を合わせて笑い出す。

「いや、焦ったな。僕はともかく、きみが川に落ちなくて本当によかった」

「びっくりしたわ。いったいどうしたのかしら」

見上げれば馬は困ったような顔でその場に佇《たたず》んでいる。

「蜂《はち》か何かに驚いたんだろう。大きな図体のわりに、馬は案外臆病な生き物だから」

頷いたセラフィーナは、ぼさぼさになった彼の髪に目を留めた。

「葉っぱがついてる」

髪に絡まった葉を何気なく摘まむと、至近距離で目が合った。蒼い瞳でじっと見つめられて心臓が止まりそうになる。

ああ……やっぱりそうなんだわ。

わたしはこの人が好きなんだ。

変わりばえのしない凪《な》いだ日常に突然現れた、何者でもない、『ただのエリオット』が。

「……セラフィーナ」

何事か決意したかのような低い囁き声に、セラフィーナは我に返った。

「！　ご、ごめんなさい！　怪我……してるのに……っ」

焦って目を泳がせながらせかせかと葉っぱを取ると、彼もまた気を取り直した様子で微笑んだ。

「これくらい、たいしたことないさ。それよりきみは」

「おかげさまでなんともないわ」

互いに支え合って立ち上がり、道へ戻る。エリオットがしっかりと抱きしめてくれたおかげで、服もほとんど汚れていない。その代わり彼の白いウエストコートはだいぶ汚れてしまった。

「ごめんなさい。服、汚しちゃって」

「いや、謝るのは僕のほうだ。馬を御しきれなかった。申し訳ない」

「いいの。馬だって悪気があったわけじゃないわ」

途方に暮れたように耳をぴくぴくさせている馬の鼻面を撫で、気にしないでねとセラフィーナは笑いかけた。

「また会ってくれる？」

真剣な表情にドキドキしながら頷くと、彼はホッとした顔になった。

エリオットはふたたび馬に跨がり、気がかりそうに何度も振り返りながら戻っていった。

セラフィーナは彼に手を振りながら、初めて抱きしめられたことにいつまでも胸を高鳴らせていた。


それからも、雨が降らなければ毎日のように桟橋でエリオットと落ち合った。馬に相乗りしたり、ボートでお茶をしたりしてひとときを過ごす。

未だに彼は正式名を名乗らないが、セラフィーナは気にしなかった。むしろそのほうがいい。彼が正体を明かせば終わってしまう気がした。奇跡のような、この輝かしい夏が。

いろんな話をした。家族のことも話した。互いの同い年の兄のことも。

「昨日、お兄様から手紙が届いたのよ。明後日こちらに来るんですって」

嬉々《きき》としてセラフィーナは報告した。

八つ年上のガブリエルは唯一の家族らしい家族だ。幼い頃は身体が弱く、すぐに体調を崩すセラフィーナを、彼は付きっきりで世話をしてくれた。枕元で本を読み聞かせたり、おぶって散歩に連れ出したりと、かいがいしく面倒を見てくれた。

貴族子弟の習わしでガブリエルが寄宿学校へ行かされると、セラフィーナは一年の大半をひとりで過ごすようになった。夏と冬の休暇に兄が戻ってくるのを心待ちにした。狩猟の季節にだけやってくる両親よりも、兄の帰りのほうが何倍も待ち遠しかった。

「お兄様がいなくてすごく寂しかったのに、何故だか体調を崩すことはなくなったの。成長して丈夫になったのね、きっと。実を言うと今でもお兄様が帰省するとたまに熱を出すのよ。それもピクニックとか、出かける予定があるときに限って……。はしゃぎすぎなのよね。それでもお兄様は文句ひとつ言わずに予定を取りやめて付き添ってくれるわ。優しいでしょう?」

ふふっと笑うと、エリオットは軽く眉をひそめた。

「彼がいなくなると、また元気になるんだ?」

「——そう、ね」

ふとセラフィーナは首を傾げた。

「きっとわたし、お兄様に甘えてるのね。ほんと、子どもっぽい」

何か考え込んでいたエリオットは、しゅんとするセラフィーナに気付いて笑顔になった。

「そんなことないって。きみが子どもっぽいなんて、僕は一度も思ったことないよ」

「本当?」

「ああ」

大きく頷かれてホッとした。

「……きみは、お兄さんが自慢なんだね」

「ええ、もちろん」

名門寄宿学校を経て貴族の子弟が集う名門大学を卒業した兄は、同い年であるウィルフレッド王太子の側近として輝かしい経歴を着々と積んでいる。

ふと思いついて尋ねてみた。

「もしかして、お兄さんとあまり仲よくないの……？」

「そんなことはないよ。兄のことは尊敬してる。跡取りとして重責を担ってるのに、いつだって余裕綽々《しゃくしゃく》でね。……ほんと、すごいよ。僕なんかお気楽な予備《スペア》のくせに、お行儀よくするだけでいっぱいいっぱいさ」

さばさばした口調にもかかわらず、どこか鬱屈したものがにじみ出ている。セラフィーナは表情を改めた。

「そんな言い方してはだめ。エリオットはエリオットよ、誰の予備《スペア》でもないわ」

呆気に取られた顔で見返され、顔を赤らめながらも語気を強める。

「だって、エリオットの予備《スペア》はいないもの。そうでしょう？」

「……そうか。そうだね」

まじまじとセラフィーナを見つめていた彼の口許が、ふっとゆるむ。一瞬、泣き出しそうに顔をゆがめたかと思うと、彼はにっこりした。

「今まで聞いた中で一番嬉しい言葉だな」

「そ、そう……？」

思ったままを口にしただけなのだけど。

「実を言うと、それほど社交は好きじゃないんだ。外面のよさでうまく合わせてきたけど……そろそろ限界だったのかもしれないな。……要するに逃げたんだよ。煩わしい社交から、怪我を口実に」

気心の知れた友人の邸宅にこもって人付き合いを避けた。社交期《シーズン》の王都では連日どこかで舞踏会や晩餐会《ばんさんかい》が催される。出席すれば必ず花嫁候補を売り込まれ、煩わしくてならない。かといって立場上あからさまに撥《は》ねつけるわけにもいかず、無理して付き合ううちにストレスが積み重なっていった。

ついに我慢ならなくなり、とある狩りで無茶苦茶に飛ばしたせいで馬もろとも転倒し、巨体の下敷きになって左脚を骨折した。

桟橋に並んで座り、エリオットは溜め息をついた。

「僕の脚なんかどうでもいいんだ。リハビリすれば治る。だが、馬はそうはいかない」

前脚を骨折した馬はその場で安楽死させられた。馬は身体が大きいので三本の脚だけでは自重を支えられない。寝起きもできなくなり、治療が非常に困難なのだ。

「馬が悪いんじゃない。全部僕のせいなんだ。だから自分の脚も治らなくていいと思った」

脚を引きずっていれば舞踏会に出ないで済む。無愛想になっても怪我で人が変わったのだと勝手に解釈してくれるだろう。

そんなエリオットをアルヴィンはなだめすかしてリハビリがてら散歩させた。しかし彼はわざとのように脚を引きずり、露骨にステッキに頼ることをやめなかった。

「……そういえば、最近ステッキを持ってないのね」

気付いて言うと彼は照れたように微笑した。

「きみと踊ってみたくてね」

今度はセラフィーナが赤くなる。

「わ、わたしはだめよ！　まだちゃんと習ってないし……」

「僕もだいぶ鈍ったと思うな。――そうだ、ちょっと練習してみよう」

彼はさっと立ち上がり、セラフィーナの手を取って立ち上がらせた。栈橋の上でたどたどしくステップを踏む。

「そうそう、できるじゃないか」

「お、落ちそう……っ」

栈橋の端を気にしながら行ったり来たり。エリオットがワルツのメロディを口ずさむ。最後にかしこまって挨拶をして、笑い出した。

「脚、もう大丈夫みたいね」

「きみのおかげだよ。みっともないところを見せたくない」

エリオットは表情を改め、まっすぐにセラフィーナを見つめた。

「セラフィーナ。王都へ上って社交界デビューしたら……僕と踊ってくれるかい？　正式な舞踏会で」

真剣な表情に鼓動が跳ね上がる。

もちろんよ、と答えを返そうとした瞬間。

「お嬢様！　どこですか、お嬢様ー！」

という声が屋敷のほうから聞こえてきた。小間使いのエミリーだ。呼びかけるその声がどんどん近づいてくる。

「わたし行かないと」

慌ただしく膝を折ると、手首を摑まれて引き止められた。額に唇が落ちる。突然のことに動転したセラフィーナは、彼の手がゆるむや否や脱兎《だっと》のごとく走り出した。

スカートの裾をたくし上げ、ゆるい斜面を駆け上がっていくとエミリーと出くわした。

「あっ、お嬢様。捜しましたよ！」

「どうしたの？」

それとなく肩越しに背後を確かめながら尋ねる。川辺の木立に遮られて彼の姿も乗ってきた馬も見えない。それとももう立ち去った？

「若様がお越しなんですっ」

「え？　お兄様が来るのは明後日のはずでしょ？」

「もういらしてるんですから！　居間でお待ちかねです。さぁ早く靴を履き替えて」

ぐいぐい手を引かれて小走りになる。振り向いてエミリーは眉をひそめた。

「どうしたんですか、お嬢様。顔が赤いですよ」

「ひ、日焼けかしら」

「なんてこと！　淑女《レディ》が日焼けなんてもってのほかってミス・ウィンズレットに叱《しか》られちゃいますよ!?　今度からはパラソルを忘れずに！」

「わ、わかったわ」

懸命に頷きながら、エリオットの申し出にきちんと答えを返せなかったことが悔やまれてならなかった。

外歩き用のブーツから華奢《きゃしゃ》なドレスシューズに履き替え、居間へ急ぐ。開いたままの扉を軽くノックすると、アームチェアで脚を組む兄の傍らに立っていた黒いドレスの女性が振り向いた。家庭教師《カヴァネス》のミス・ウィンズレットだ。

「久し振りだね、セラフィーナ」

ガブリエルが笑顔で立ち上がり、腕を広げる。家庭教師《カヴァネス》の冷ややかな視線に気後れしていたセラフィーナは、ホッとして腕の中に飛び込んだ。

「お帰りなさい、お兄様」

背中を軽く叩き、彼はセラフィーナの額にキスした。いつもの習慣だったが、なんだかエリオットのキスが掻き消されてしまったようで残念な気持ちになる。それが表情に出たのか、ガブリエルは眉をひそめた。

「具合でも悪いのか？　顔が赤いな」

「なんでもないわ。ちょっと日に当たりすぎたみたい」

「レディ・セラフィーナ。帽子もかぶらず戸外に出るなんて淑女《レディ》にあるまじきふるまいですよ。いつまでも子ども気分では困ります」

高圧的にたしなめられ、セラフィーナは首をすくめた。

「ごめんなさい。今度から気をつけます」

「私からもよく言って聞かせよう。下がっていい」

ミス・ウィンズレットは軽く会釈をすると、昂然《こうぜん》と顎を上げて部屋を出て行った。

セラフィーナは兄に促され、窓辺の長椅子《ながいす》に並んで座った。

「三か月ぶりよね？」

ああ、とガブリエルは頷いた。

兄とは頻繁《ひんぱん》に手紙を遣り取りし、どんな些細なことでも伝えてきたが、エリオットと出会ったことだけは書いていない。誰にも言わないとアルヴィンと約束したからだが、初めて兄に秘密を持ったことに疚《やま》しさを覚えた。

「しばらくこちらに？」

ちょっと複雑な気分でセラフィーナは尋ねた。兄と一緒に暮らせるのは嬉しいが、そうなるとエリオットとは会いづらくなる。

「明後日には王都に戻らないといけないんだ」

「そうなのね……」

「おまえも行くんだよ」

「えっ、わたしも!?」

ガブリエルは当然だと言いたげに頷いた。

「おまえも来年は十八。そろそろ社交界に出る準備をしないとね。うちが親しくしている家の晩餐会や舞踏会で練習しなさい。母上の側で淑女《レディ》としての立ち居振る舞いを学ぶんだ」

「お母様の……」

　思い浮かべた母の顔は美しいが、どこか曖昧模糊《あいまいもこ》としている。

「もうここへは戻らないの？」

「そんなことないさ。来月にはライチョウ狩りが始まるし、十一月はキツネ狩りだ。大勢の客人が訪れる。おまえも参加するんだよ」

「でもわたし……」

「何事も経験だ。そのための練習じゃないか。とにかく、これからは母上と一緒に暮らすんだ。まずは王都の町屋敷《タウンハウス》で、一月《ひとつき》ほど過ごすといい」

「……わかったわ」

「どうした？　嬉しくなさそうだな」

　ガブリエルは急に不機嫌そうな顔になった。探るような目つきに慌ててかぶりを振る。

「もちろん嬉しいわ！　ただ……王都は初めてだから、すごく不安で……」

　小馬鹿にしたように兄は鼻を鳴らした。

「母上がついていれば大丈夫さ。押しも押されぬ〈社交界の華《ソーシャライト》〉なんだから」

「そう、よね……」

　曖昧に頷くと、さらに疑わしげな視線を向けられた。母と自分は性格的に全然違うのだからうまくやれるか甚《はなは》だ疑問だったが、とても口には出せず急いで笑顔になった。

兄はいつも優しいのに、時折急に不機嫌になることがある。何がきっかけなのかはわからない。とにかくそういうときは逆らわないのが一番だ。

（……そういえば、お兄様を怒らせると決まって具合が悪くなったっけ）

唯一の頼れる存在である兄に見捨てられるのでは……という恐怖ゆえに違いない。兄は厭な顔ひとつ見せず、臥《ふ》せったセラフィーナを看病してくれた。

兄の気に障ることはけっしてしてはならない。でも……。

（エリオットのことを知ったら、お兄様はどう思うかしら）

恋愛など早すぎると叱られそうだ。他愛のない恋愛小説《ロマンス》を読むことすら認めてくれないのだから。

兄にとってセラフィーナは未だに幼子のようなものなのかもしれない。

これまでは子ども扱いされて世話を焼かれることで安心できたのに、今はむしろ不満に感じている。そのことにセラフィーナは驚き、とまどっていた。

翌日は晴れだったがなかなか出かけられなかった。勉強は早めに切り上げられたものの、王都へ向かうための準備をしなければならず、ようやく抜け出したときにはいつもより二時間以上遅くなってしまっていた。

急いで走って行くセラフィーナの姿を、二階の窓から無言でガブリエルが眺めていた。その側に影のごとくひっそりと黒衣の家庭教師《カヴァネス》が立つ。

「――毎日のようにお出かけです」

ミス・ウィンズレットのおもねるような囁きに、ガブリエルは憮然《ぶぜん》と眉をひそめた。

「ここからだとよく見えないな。上の階からなら相手もわかるか？」

「木立が邪魔で、ほとんど見えません。ただ、いつも川上からやってくるようです」

「上流は……メイナード侯爵領か。確か今は息子のアルヴィンが滞在していたな。ご友人を連れて。――その男の特徴は？」

「はっきりと姿を見てはおりませんが、金髪のようです」

ふん、とガブリエルは鼻を鳴らした。

「ならアルヴィンではないな。彼は黒髪だし、見た目もセラフィーナの好みとは思えん。……となると、ご友人のほうか」

彼はますます不快そうに眉根を寄せた。

「あの辺りは木が繁《しげ》りすぎて目障りだ。すべて伐採《ばっさい》しろ」

「ご意向を執事に申し伝えます」

家庭教師《カヴァネス》はうやうやしく身をかがめ、素早く部屋を出て行った。ガブリエルは妹とよく似た琥珀色の瞳に憎悪の光をたたえ、川辺の木立を睨《にら》んだ。

「図々しい盗人めが……！」

厭悪《えんお》の呟《つぶや》きが呪詛《じゅそ》のように洩れる。

あれは私のものなんだ。けっして誰にも触れさせない。

そう、たとえ誰であろうとも。

唇がねじれ、異様な笑みのかたちにゆがむ。忌《い》ま忌ましい木立を毟《むし》り取ろうとするかのように窓ガラスに爪を立て、ガブリエルはすでに消えた妹の姿をまじろぎもせず追い続けていた。


一方セラフィーナは息せき切って桟橋にたどり着いたが、エリオットの姿はなかった。

息を荒《あら》らげたまましばし立ち尽くし、震えそうになる唇をぎゅっと噛みしめる。

会えるのは今日が最後だったのに――。

明日の朝には馬車に乗って旅立たなければならない。

「う……」

涙が込み上げ、しゃくり上げそうになったそのとき。ふいに後ろで足音がした。

「セラフィーナ？」

はじかれたように振り向くとウエストコートにトラウザーズ、腕まくりをしたシャツという、いつものくだけた恰好《かっこう》のエリオットが少し困ったような面持ちで佇んでいる。

反射的にセラフィーナは彼に抱きついていた。

「会えないかと思った……！」

彼の手が、ためらいがちに背中に触れる。

「……うん。一旦は帰ったんだけど、途中で引き返した。きみが来るような気がして」

優しく抱きしめられ、我に返ってうろたえる。

「ご、ごめんなさい」

「これが答えと思っていいのかな」

「え……？」

「社交界デビューしたら僕と踊ってくれるって」

セラフィーナは、ぎゅっと目を閉じ大きく頷いた。何度も何度も。エリオットが苦笑して肩に手を置く。

「どうしたんだい？　そんな悲壮な顔をして」

「……明日、王都へ行かなきゃいけないの。お兄様と一緒に」

セラフィーナは兄から伝えられたことをすべて話した。最後まで黙って聞いていたエリオットは、唇を噛みしめるセラフィーナに諭《さと》すような口調で告げた。

「それは必要なことなんじゃないかな。いきなり社交界の真ん中に飛び込むのは誰だって不安なものだよ。だからその前に、多少失敗しても問題にされない内輪の集まりなどで経験を積む。そのほうが安心できるだろう？」

「……そう、ね」

兄にも同じようなことを言われたが、エリオットから聞いたほうがずっとしっくりくる。

「きみが素敵な淑女《レディ》になって現れるのを楽しみに待ってるよ。新人舞踏会《デビュタント・バル》では一番にダンスを申し込む」

「本当……？」

「本当さ。何があっても駆けつける。今から予約しておこう。いいね？」

胸が熱くなって言葉もなく頷く。

「だけど……それまで会えないの……？」

「表立っては会わないほうがいいだろう。きみのご両親に話を通しておいてもいいが……そうなるときみに窮屈な思いをさせてしまいそうだ。――本当にね、いろいろと窮屈なんだよ。僕の居る世界は」

彼は深々と嘆息した。

「だからせめて、デビューの過程くらいは自由に楽しんでほしい。お母上から社交術を学ぶのはいいことだと思うよ。先々きっと役に立つ」

ゆっくりとセラフィーナは頷いた。

彼の言うとおり、経験を積んだほうが絶対いいに決まっている。そう、次に会うとき彼はもう『ただのエリオット』ではないはずだ。十八になった自分が、背中に下ろしていた髪を結い上げ、くるぶしの隠れるドレスをまとうように。本来の彼にふさわしい姿に戻っているに違いない。

「……でも、会えないなんて寂しいわ」

「僕も寂しいけど、きみのことは見守ってるよ。いや、見張ってると言うべきかな？　他の男にかすめ取られないように」

おどけた口調にようやくセラフィーナの頬がゆるむ。

「お手紙書いてもいい？」

「ああ。受け渡しの方法を考えて連絡する」

ホッとするセラフィーナを彼は優しく見つめた。

「来年五月になれば会える。すぐだよ」

「十か月もあるわ」

「両手の指で足りるじゃないか」

「……そうね」

指を折りながらセラフィーナはくすくす笑った。ふと彼の顔が近づいてきて、目を瞠る。どきどきしながら瞼を閉じると、唇にあたたかな感触が羽のように触れた。

顔を赤らめるセラフィーナの手を握って彼は微笑んだ。

「再会を楽しみにしているよ、僕の暖炉さん」

囁いて彼は優しく掌《てのひら》に唇を落とした。じわりと目を潤ませ、それでも精一杯の笑みをセラフィーナは浮かべた。


翌朝、セラフィーナは兄とミス・ウィンズレット、小間使いのエミリーとともに馬車に乗り、生まれ育った荘園屋敷《マナーハウス》を離れた。領内の村に日帰りで出かけたことはあるが、長く留守にするのは初めてだ。

次に帰ってくるのは一か月後。そのときはもう、エリオットはいない。彼もまた近々侯爵邸での療養を切り上げる。その後は王都に戻るのか、別のどこかへ行く予定なのかは聞いていていない。

もしかしたら王都ですれ違うこともあるのだろうか。想像しただけでどきどきしてしまい、熱くなる頰を冷まそうと窓からの風を受ける。

思い出と期待で胸を高鳴らせていたセラフィーナは、斜め向かいに座った兄が暗く湿った視線をじっとりと向けていることにはまるで気付かなかった。

第二章　楽園追放

　それからの十か月は、予想以上に慌ただしく過ぎた。

　王都の町屋敷《タウンハウス》で再会した母のグロリアは、初めて会うかのようにしげしげと娘を眺めたかと思うと、意外そうな表情で頷いた。

「悪くないわ。王都で暮らせばそのうち野暮ったさも抜けるでしょう。ともかくふさわしい衣装を仕立てないと」

　母は贔屓《ひいき》の仕立屋を邸《やしき》に呼び、何種類ものドレスを発注した。朝のドレス、午後のドレス、夜会服。茶会服《ティードレス》に乗馬服。用途に応じた衣装をそれぞれ数着ずつ。日に何度も着替えるのかと思うと眩暈《めまい》がする。

　ドレスの裾はいずれもぐんと長くなり、くるぶしを完全に覆った。それまで垂らしたままだった髪は巻かれ、結い上げられて、剝き出しになったうなじがなんだか心許ない。

　夜会服を試着すると、母は満足げな笑みを浮かべた。

「いいわね。おまえのデコルテはとても綺麗よ」

母に褒められたのは初めてで、すごく嬉しくなる。並んで鏡に映るとグロリアは自分のデコルテを誇らしげに撫でた。

「首から肩にかけてのなだらかなラインこそが美の証。いい？　殿方の注目を集めるためにはここが肝心なのよ」

別に注目など集めたくなかったが、素直に頷いた。エリオットも殿方である以上、デコルテに関心があるはずだ。美しいデコルテを彼が称賛してくれるかも……と考えるだけでドキドキした。

顔の造作は悪くないものの、母に比べてパッとしない自分。そんな自分に〈社交界の華《ソーシャライト》〉の母に褒められるような美点があったとは――。

それからセラフィーナは母に認められたデコルテこそ自分の唯一無二の美点と思い定め、手入れを怠らなかった。母がくれた美容クリームをたんねんに塗り、日に焼けたり虫に刺されたりしないよう細心の注意を払った。

単なる贔屓目ではなかったようで、母に連れられて参加した晩餐会や舞踏会では美しいお嬢さんと褒めそやされた。お世辞交じりだったとしても、ただのお愛想ではなさそうだ。少しずつセラフィーナは自信をつけていった。

ダンスの練習にも以前よりずっと熱心に取り組んだ。新人舞踏会《デビュタント・バル》でエリオットと踊ることを思えばいくら練習してもしすぎということはない。

ヒル・アベイには一か月後に戻る予定だったが、母にあちこち連れ回され、実際に戻ったのは九月に入ってからだった。父と兄は先に来ていて鳥撃ちを楽しんでいた。

思いも寄らぬことに栈橋周辺の木々はすべて切り倒されていた。屋敷から栈橋の様子を確認できるようにしたと聞いてセラフィーナはドキッとした。

（……まさか、エリオットと会っていたのを知られた？）

それらしい注意などはされなかったものの、どうにも気がかりだ。今は当主のメイナード侯爵が滞在しており、一度晩餐会に招かれたがエリオットもアルヴィンもいなかった。

連絡手段を考えておくと言われたのに、王都にいる間なんの音信もなかった。書いた手紙は出す当てもなく溜まる一方で、時折読み返しては溜め息をついた。

ふと、町屋敷にいるときに兄が暖炉で手紙のようなものを燃やしていたことを思い出した。ひょっとしてあれは……。

（——まさか！　そんなはずないわ）

不要になった古い手紙や反故を燃やしていただけだ。そうに決まってる。

（お兄様がそんなことするわけないじゃない）

木立の突然の伐採もあって気になったが、真相を探る暇はなかった。社交の練習のため、領地で過ごす間も父親か母親、または両方に連れられてあちこちの貴族の集まりに顔を出すだけでへとへとになってしまう。

ヒル・アベイにいたのは年末までで、その後はほとんど王都で過ごした。伯爵家は王都の近郊にも領地がある。近くを鉄道が通っていて便利なので母はよくそこでパーティーを開く。

四月。社交期《シーズン》が始まって人々が王都に集まってくると、早速母は郊外の屋敷で舞踏会を催した。ライバルの貴婦人が舞踏会を計画していると知り、大慌てでそれより早い日程を組んだのだ。イングルウッドの社交界には〈社交界の華《ソーシャライト》〉と讃えられる花形が何人かいて、グロリアはここ数年とある貴婦人と熾烈《しれつ》なトップ争いを繰り広げている。

だいぶ慣れたとはいえ根っからの社交好きではないセラフィーナは数人と踊ると疲れてしまって、カーテンの陰に隠れて窓からぼんやりと庭を眺めた。

社交活動を始めた頃は最初が肝心とばかりに気負っていたし、母に美しさを認められ自信を持ったこともあってがんばれたが、ずっとエリオットと連絡が取れなくて次第に気落ちしている。

騙《だま》されたのでは……などと考えてしまうことも増えた。彼が『ただのエリオット』でいたときだけの戯《たわむ》れだったのかもしれない、と。

庭園は篝火《かがりび》で照らされているが散策している人はいなかった。春とはいえ夜になればまだ肌寒く、特に女性は肩が剝き出しの夜会服だからそのまま庭園を散歩などしたら風邪をひいてしまいそうだ。

一方、室内はシャンデリアに使われる蠟燭《ろうそく》や人いきれで汗ばむほど。窓を少し開け、夜風を入れて溜め息をつくとコツンと何かが窓に当たった。何気なく見下ろしてセラフィーナは目を瞠った。窓の下にエリオットが立っていたのだ。

声を上げそうになって、慌てて口を押さえる。舞踏会場は一階だが、下が半地下になっているため窓の位置は高い。小声で会話するにはかなり身を乗り出さなければならなかった。

「やっと会えたね、僕の暖炉さん」

懐かしい声に思わず涙ぐんでしまう。

「手紙、書いたのよ。たくさん……。出せなかったけど」

「僕も書いた。従者《ヴァレット》を介して何度もきみの小間使いに渡したよ」

「え!?　受け取ってないわ！」

「やっぱりね。どうも異様に警戒が固い」

エリオットは顔をしかめた。

「警戒……？」

確かに父親は『変な虫がついたら困る』と言って、一人歩きを厳禁した。外出するときは必ず、両親か兄、もしくは家庭教師《カヴァネス》が目付役《シャペロン》として同行する。小間使いをひとり連れただけの外出は許されない。

田舎の領地と違って窮屈だが、都会は人も馬車も多いから危ないと言われれば従うしかない。エリオットが『変な虫』にあたるとは思えないけど……。

「――あ」

暖炉で何かを燃やしていた兄の姿が唐突に思い浮かんだ。

(あれ……やっぱりエリオットからの手紙だった……?)

「どうかした?」

訝しげな声に、ハッと我に返る。

「な、なんでもないわ」

セラフィーナは急いで笑みを浮かべた。きっと思い過ごしだ。

「ま、デビュー前の令嬢を守るのは当然だけどね」

「でも……エミリーはわたしの小間使いなのよ。わたし宛ての手紙を握り潰したのだとしたら許せない。きつく問い質すわ」

「それはやめたほうがいい。余計に警戒される」

真剣な顔でエリオットは制した。

「でもっ……」

「とっくに処分されてるさ。イニシャルしか書いてないから、差出人が誰かはわからないしね」

「……そんなの悔しい」

窓枠をぎゅっと摑んで呟くと、なだめるようにエリオットが囁いた。

「来月には直接会えるようになる。そうしたら手紙も届くさ。差出人に正式名をしたためて正面玄関から入って執事に渡すよ」

悪戯っぽくウィンクされ、どぎまぎしながらセラフィーナは微笑んだ。

「だったら大丈夫ね。――それにしても、どうしてそんなところにいるの？」

「不法侵入だから見つかるとまずい。その辺でアルヴィンが見張ってるよ。招待状を手に入れることもできたけど、騒がれたくなくて。噂になるときみが危ない目に遭うかもしれないし、とにかく今は万難を排したいんだ」

「……わかったわ」

正直どうして自分が危ない目に遭うのかピンとこなかったが、ともかく頷くと彼はすまなそうに眉根を寄せた。

「詳しくは言えないけど……実は知らないうちに結婚話が勝手に進められてててね」

「えっ……!?」

「言っておくけど、僕が結婚したいのはきみだよ。かわいい暖炉さん」

初めて彼の口からはっきりと『結婚』という言葉が出て、ドキッとする。そわそわするセラフィーナを見上げて彼は感嘆の面持ちで囁いた。

「それにしても、しばらく会わないうちに綺麗になったな。もちろんヒル・アベイでのきみもすごくかわいかったけど、なんというか、大人っぽくなった。ドレス、とても似合ってるよ。肩のラインなんかまるで絵画みたいだ。もうすっかり完璧な淑女《レディ》だね」

「そんな。まだまだだわ……」

照れくさくて謙遜《けんそん》しながらも、ひそかに自信を持っていた肩のラインを褒められて嬉しくなる。母の言ったとおりだ。

「きみと踊るのが待ち遠しくてたまらないよ。ファーストダンスの予約はまだ有効だよね？」

「もちろん！」

大きく頷いたセラフィーナは、背後から靴音が近づいてくることに気付いた。

「いけない、誰か来るわ」

「来月会おう。王宮で」

差し出された手の甲にさっとキスすると、彼は素早く姿を消した。そのとたん高飛車な声が響く。

「セラフィーナ！」

焦って振り向けば母のグロリアが厳しい顔で立っていた。

「お、お母様……」

「さっきから捜してたのよ。いったい何をしてるの、こんな隅っこで」

「ごめんなさい、ちょっと気分が悪くて……外の空気を吸ってたんです」

レディ・エインズリーは扇を持った手を優雅なオフショルダーの夜会服の腰にあて、娘の顔をじろじろ眺めた。

「――青ざめてはいないわね。むしろ頬の血色がほどよい具合よ。さぁ、おまえとダンスしたいという殿方が大勢待っていますよ。少なくともあと五人と踊らないと。早くいらっしゃい」

できることなら自室に引き上げ、エリオットとの今の遣り取りをうっとり思い返していたかったが、社交界デビューを控えた身でそんな子どもじみたふるまいをするわけにはいかない。

覚悟を決め、ここ数か月で身につけた社交的な微笑を顔に貼り付けてセラフィーナは両親が目星をつけた花婿候補の男性たちと次々に踊った。

しきりと褒めそやす紳士たちに微笑んで返礼しながら、セラフィーナの心に響いていたのはエリオットの称賛の声だけだった。


ふたたび王都の邸に戻って数日経った、ある朝のこと。一階の朝食室でセラフィーナは父と兄とともに朝食をとっていた。母は女主人の特権で、ベッドで朝食をとる。といってものんびり過ごしているわけではなく、山ほど届く招待状の仕分けをしたり、家政婦や料理人に指示を出したりと忙しい。

コーヒーを飲みながら新聞を読んでいた父が驚きの声を上げ、セラフィーナは何気なく視線を向けた。

「なんと。エリオット殿下が王都にお戻りだそうだ」

一瞬名前にドキッとしたが、『殿下』という敬称が付いていることで思い当たった。

(……そういえば、第二王子殿下と同じ名前なんだわ)

名門伯爵令嬢とはいえ、王都から遠く離れた領地で生まれ育ったセラフィーナにとって王家の方々はあまりに遠く、日常からかけ離れた存在だった。エリオットが王子と同名だと意識したこともない。

兄のガブリエルが、さして興味もなさそうに相槌《あいづち》を打つ。

「そうでしたか」

「乗馬中の事故で怪我をされて、ずっと王都を離れて療養なさっていたが、ようやく回復されたそうだ。怪我を口実に地方でせいせいと羽を伸ばしておられたんだな。何せ殿下は独身だし、それこそ絵に描いたような美青年だ」

乗馬中の事故。王都を離れて療養。絵に描いたような美青年。名前以外にも、なんだか妙にあのエリオットを彷彿《ほうふつ》とさせる。セラフィーナは興味を惹《ひ》かれて耳を傾けた。

「おまけに学業優秀、スポーツ万能の完璧王子だ。それだけにあの落馬事故は意外だったが……案外抜けたところがあるのかもしれんなぁ」

「誰だって失敗することくらいありますよ」

「つねに兄の王太子殿下を立て、出しゃばることもなく実によくできたお方だ。たとえ王太子殿下に万が一のことがあってもイングルウッドは安泰だな」

「やめてください、父上」

ガブリエルが顔をしかめる。彼はウィルフレッド王太子の側近だ。万が一のことなどあってほしくないに決まっている。

「すまん、すまん。単なる老婆心というやつさ。——ところでセラフィーナ。おまえ、どうだ？」

「は？」

いきなり話を振られてたじろぐと父はにやりとした。

「エリオット王子だ。うまく射止められれば妃殿下になれるぞ」

「そんな……わたしなんて……」

「謙遜することはない。おまえとて由緒あるエインズリー伯爵家の娘。おまけに母親似の美人だ。誰にもひけは取らん。王家に嫁ぐなら当然、持参金もたっぷりつける」

唖然《あぜん》としていると、父は兄に向かって続けた。

「王宮でエリオット殿下と行き会うことがあったら、それとなく妹を売り込んでやれ」

ガブリエルは露骨に厭そうな顔をした。

「殿下はそういうことは好まれないと思いますがね。あちこちから売り込みをかけられて辟易しておられましたから」

「だからこそ田舎から戻ってきた今が狙い目なのではないか！　純朴な田舎娘にもそろそろ飽きがきた頃合いだろう。改めて洗練された貴族令嬢のよさを売り込む絶好の機会だぞ。この娘のおっとりして暢気そうなところが田園地方の郷愁を呼ぶかもしれん。そうだ、次の舞踏会の招待状を送ろう」

褒めているのか貶しているのか不明だが、すっかり父はその気になっている。

「セラフィーナ。おまえだって王族に見初《みそ》められたら嬉しいだろう？」

「……よくわかりません」

「恥ずかしがり屋も純情さが強調されていいかもしれんな。ともかく一度は殿下におめもじを願わねば。早速奥様に相談しよう」

娘の売り込みとなれば夫婦仲の悪さも棚上げになるらしい。

「焦らなくても拝謁の儀でお目にかかれますよ。新人舞踏会《デビュタント・バル》には王族がたも出席なさいますから」

気がなさそうに言ってガブリエルは立ち上がった。彼は妹と王族の縁組にまったく興味がないらしい。エインズリー伯爵は憤然と眉を上げた。

「新人《デビュタント》がぞろぞろ列をなす場所で目に留まるなど至難の業ではないか。この子はどうも押しが弱いからな！」

思わず肩をすぼめると、ガブリエルが嘲《あざけ》るように鼻を鳴らした。

「だったらいっそ裳裾《トレーン》を踏んで転ぶとか、大失敗をしでかせば目に留まるのでは？——出かけるところがあるので、お先に失礼」

ガブリエルは無愛想な会釈をして朝食室を出て行った。

(お兄様、なんだか機嫌が悪そう……)

兄はエリオット王子が嫌いなのだろうか。第二王子であるエリオットは王太子のライバルと言えなくもないけれど、中世のように親兄弟で王位を争う時代でもあるまいに。

父もまた呆気に取られて息子を見送り、頭を振った。

「なんだ、あいつ？　妹が王子妃になれば当然我が家の地位も高まるではないか。——まぁ、いい。エリオット殿下が戻られたとなれば、婿候補の順位は当然変更だ。まずは殿下のお目に留まることが第一。殿下は、えぇと……」

新聞を見返して父は頷いた。

「二十二歳か。年齢的にもちょうどいい。我が伯爵家は三百年以上続くイングルウッドの名家、王家に嫁ぐにふさわしい。善は急げだ、奥様と話してくる」

父が出て行くとセラフィーナは急いで立ち上がり、新聞を手に取った。社交欄には様々な情報が載っており、目玉記事にはイラストもついている。

エリオット王子の記事は王族だけあってトップに取り上げられていた。昨年六月に乗馬中の事故で負傷して以来、療養のため公的な場にまったく姿を見せなかった第二王子が、社交期《シーズン》の始まりとともに十か月ぶりに王都に戻ってきた……云々。

添えられた夜会のイラストや肖像スケッチを見てセラフィーナはぽかんとした。

（エリオット……？）

間違いない。あのエリオットだ。セラフィーナの知る、『ただのエリオット』。新聞社お抱えの挿絵画家の手による肖像は、確かに彼の顔だった。

この前の舞踏会で、庭から窓辺のセラフィーナを見上げた彼の顔がイラストと重なる。

（あのエリオットが……エリオット王子……？）

夢の王子様のはずが、本当に本物の王子様だった……!?

「……ど、どうしよう……」

よろけるように腰を下ろし、セラフィーナはただただ呆然としていた。その姿を廊下からちらと覗き見て、ガブリエルは憎々しげな顔でチッと舌打ちした。

第二王子を婿がねにという父の案に、母はすぐに賛成した。王族との婚姻は貴族であれば誰もが一度は願うこと。娘婿が王子となれば名実共に社交界のトップに立てる。張り合っている某夫人には子どもがいないから断然グロリアが有利だ。

エリオットがずっと王都にいたのなら、母も当然彼を第一候補に挙げただろう。だが怪我をして以来、彼は人付き合いを絶って行方をくらましていた。一生脚を引きずるようになったとか、そのせいでひどく気難しくなったとか、様々な憶測が流れた。それまで理想の結婚相手として未婚の令嬢やその親たちから熱い注目を浴びていたのに、健康を損なったとたん一気に人気が下がってしまったのだ。

その彼が十か月ぶりに姿を現した。新聞記事によれば心配されていた怪我の後遺症はなく、すっかり元通りだという。明るく快活な第二王子が戻ってきたことで社交界は沸き立った。

グロリアは、もともと娘の花婿候補者のリストにエリオットを入れてはいたのだが、直系王族とはいえ引きこもりの王子に一人娘を嫁がせるメリットはあまり感じられなかった。社交界に現れなければ存在しないも同然だ。王子の義理の母としてライバルを圧倒することができなければ、わざわざ持参金を持たせて娘を嫁がせる意味はない。

さいわい噂は単なる噂に過ぎなかったようだ。王子が以前同様にもてはやされ、人目を惹いてくれれば王族の縁戚として伯爵家の地位は大いに高まり、気に障る成り上がり女も見下してやれる。

臆面もなく掌を返して恥じるところがないのは社交界の習い。グロリアはなんとしても娘を第二王子に売り込むことにした。

息子は王太子の側近だ。さらに娘が第二王子の妃となれば、〈社交界の華《ソーシャライト》〉としての地位は不動のものになる。

セラフィーナは両親からエリオット王子のことを聞くにつれ、あのエリオットのどこか投げやりな態度が意味するところが段々とわかってきた。

ちやほやしたかと思えば心ない噂を真に受けてそっぽを向く。そんな浮ついた虚飾の世界に嫌気がさしたのだ。

（自分が王子であることを明かさなかったのは、わたしに幻滅したくなかったから……とか？）

大多数の令嬢たちのようにセラフィーナもまた王子と知ればおもねったり、媚びたりするのでは、と疑ったのかもしれない。そうだとしても腹は立たなかった。事情を知れば無理もないと思える。

彼が王子であるかどうかは本当にどうでもよかった。望んだのは両親に反対されない身分の人であってくれたら……ということだけだ。

セラフィーナにとって社交界は、いずれ入って行かねばならないことがわかっていながらどこか現実味のない世界だった。彼はそんな世界から流れ着いた。眠ったまま、流されるまま。そう、漂流者のように。

出会ったとき、エリオットは何者でもなかった。そんな彼にセラフィーナは惹かれ、恋をした。彼もまた想いを寄せてくれた。そして彼は本来いるべき場所に戻った。だったら自分もまた、彼に釣り合う大人の女性になってそこへ行きたい……！

鏡の中の自分を、じっと見つめる。

首から肩にかけてのたおやかなライン。淑女《レディ》の美の象徴であるデコルテの美しさに、今では自信を持っている。

何かと手厳しい母も、そこだけは優雅だといつも褒めてくれる。肖像画も描いてもらった。美化してあるにしてもなかなかのものだと思う。画家の技量もあるのだろうが、オフショルダーのドレスを着た自分の首から肩、腕へと伸びる絶妙な曲線は、さながら白鳥のようだ。

「……大丈夫、誰にも見劣りなんかしないわ」

自分に言い聞かせるようにセラフィーナは呟いた。

そう、きっと認められるはず。王子の結婚相手にふさわしい淑女《レディ》だと。

拝謁の儀は五月十日と決まった。今年社交界入りする新人《デビュタント》たちが王宮に集まり、女王への拝謁を賜ることで正式デビューを果たすのだ。

夜には新人舞踏会《デビュタント・バル》が開かれ、一人前の淑女《レディ》として初めてステップを踏み出すことになる。

一週間後に拝謁を控えたある日のこと、セラフィーナは母の買い物に同行した。拝謁用のドレスはすでに発注済みで仕上がりを待つばかり。この日は舞踏会用の扇が気に入らないと突然言い出した母のお供で、小物を扱う店を訪れた。

少なくとも新人舞踏会《デビュタント・バル》までは、自分の好みよりも母の指示に従うことにしている。〈社交界の華《ソーシャライト》〉である母のセンスは折り紙付きだから任せておけば間違いない。

買い物が済んで帰ろうとしたところ、数名の令夫人と行き会った。話が弾み、母は彼女たちとホテルのティールームでお茶をすることにした。紹介が済んだ後は下がって控えていたセラフィーナは先に帰宅するよう命じられた。

「わたくしはこちらの馬車で送ってもらいますから。寄り道せずにまっすぐ帰るのですよ」

「はい、お母様」

従順に頷きながらセラフィーナはドキドキしていた。今日は母と出かけるので他の付き添いはいない。一人歩きは王都にやってきて初めてだ。

寄り道しないと約束したが、馬車を停めた場所は少し離れている。道沿いの店のショーウィンドウを覗くくらいかまわないだろう。店に入らなければ寄り道にはならないはず。

歩を進めながら高級店の店先を眺めていると、ふと銀色の小さなケースが目に留まった。

（これは……名刺入れかしら？）

それにしては少し小さいような……？　掌にちょうど収まるくらいの大きさで、葉薊文様《アカンサス》文様が彫刻されている。

なんとなく心惹かれ、立ち止まって眺めていると店から老紳士が出てきて微笑んだ。

「中でゆっくりご覧になってはいかがですか、お嬢さん」

「これは名刺ケースですの？」

「いえ、嗅ぎ煙草入れです。……紳士への贈り物ですかな」

柔和な笑みにおずおずと頷き、セラフィーナはためらいがちに店に足を踏み入れた。紳士用の小物を扱う店のようだ。喫煙具としては他にパイプが。ステッキや懐中時計もある。

イングルウッドではパイプ煙草が主流だが、近頃は葉巻や嗅ぎ煙草も人気がある。父は葉巻を好み、兄は紙巻き煙草に近い細葉巻《シガリロ》をたまに吸う。

どちらにしても女性の前では吸わないのが礼儀とされているから喫煙姿を見たことはあまりない。晩餐会では食後に男性たちだけで喫煙室へ行って一服し、そのあとで女性陣と合流する。

(……エリオットも煙草を吸うのかしら?)

そんな話をしたことはないが、大抵の紳士は煙草をたしなむものだ。葉巻を好む父も、たまに嗅ぎ煙草を吸う。煙が出ないので場所を選ばないし、匂いを嗅ぐと頭痛や悪心が軽減するそうだ。

店主が出してくれた嗅ぎ煙草入れを掌に載せると、思ったより重みがあった。

「アンティークなんですよ。作りもしっかりしています。百年ほど前にファーンリーの貴族が使っていたもので。嗅ぎ煙草入れは凝った細工のものが多く、集めている方も大勢います」

蓋を開けてみると、隅々まできちんと手入れされ、落ち着いた風格のあるたたずまいだ。

「素敵ですね。こちらはいかほど……?」

店主が告げた値段はアンティークというだけあってそれなりの額だったが、買えなくもなかった。セラフィーナは王都に出てから、お金の使い方を学ぶようにと小遣いを与えられている。小遣いといってもかなりの額で、ミス・ウィンズレットの年収より多いくらいだ。それをセラフィーナはまだほとんど使っていない。

どうしようかと、もう一度銀の嗅ぎ煙草入れを眺めた。洒落《しゃれ》ているし、大きすぎなくていい。上着の内ポケットに入れてもかさばらない。

紳士の身の回りの小物といえばまずは懐中時計だが、さすがに時計は値が張るし、王子であるエリオットはすでに高級な品を持っているはずだ。彼が嗅ぎ煙草入れを持っているかどうかはわからないが、ひとつ増えるくらい大丈夫だろう。

「……ではこれを。リボンをかけていただけますか？　あまり大げさな感じではなく」

「かしこまりました」

包んでもらい、小切手を切るとドキドキしながらセラフィーナは店を出た。別に怪しい店に出入りしたわけでもないのに、そっと周囲を見回してしまう。

買ってしまった……！　しかも親に内緒で男性へのプレゼントを。

包みを手提袋《レティキュール》にしまい、早足で歩き出す。浮き立って、空にまで上っていきそうな心持ちだった。

渡せるのは早くても新人舞踏会《デビュタント・バル》の後だろうと思っていたが、思いがけず三日後に機会が巡ってきた。エリオットからの手紙が届いたのだ。

従僕《フットマン》から渡された手紙を自室で開くと、今から会いたいと書かれていた。手紙を託した従僕《フットマン》は買収してあるので抜け出す手助けをしてくれるという。指定場所の簡単な絵図も添えられている。

運がいいことに屋敷にいるのはセラフィーナだけだった。ミス・ウィンズレットは週休のため外出し、父と兄は会議で王宮へ行っている。残っていた母も先ほど馬車で出かけるのを窓から見た。

セラフィーナは急いで外出着に着替え、忍び足で廊下に出た。先ほどの従僕《フットマン》が廊下の端で手招きしている。

「裏階段を使えば人目に立たずに出られます。邸の角に馬車を呼んでおきました」

「ありがとう、ロジャー」

セラフィーナは従僕《フットマン》に銀貨を数枚握らせた。彼の案内で外に出て、辻馬車に乗り込むと馭者《ぎょしゃ》が尋ねた。

「どちらまで？」

「あ、ええと、バルバラ公園までお願い」

「入り口は？」

手紙を確かめ、北西の角を指定する。石畳に車輪の音を響かせて馬車は走り出した。

バルバラ公園は数代前の王妃が晩年を過ごした離宮を整備し、市民に開放したものだ。王都の中心から外れたところにあるため、貴族たちが社交の場とする王宮近くの公園と違って人影は少ない。そのぶんのんびりと自然豊かな景観が楽しめる。

セラフィーナは王都に来たばかりの頃、あちこち回っているときに兄とともに一度だけ訪れたことがあった。領地の景色を思い出して気に入ったのだが、利用者は中流階級の家族連れが多く、未婚の貴族令嬢が散策するには不向きだと言われてしまった。

　この国の階級意識は非常に強固だが、セラフィーナは放置されて育ったも同然で、使用人たちが家族代わりのようなものだった。

　ミス・ウィンズレットが家庭教師《カヴァネス》になると使用人と親しくすることを厳しく禁じられ、淑女《レディ》らしく距離を取るよう指導された。表面上は従ったものの、そうやって同じ人間を分け隔てすることがどうしても腑に落ちない。

　一時間ほど待ってほしいと頼んで馬車を降りた。すでに料金は過ぎるほどもらっていると言われたが、さらにチップを渡して念を押す。

　エリオットに会えるのは嬉しいが長居はできない。ひとりで出かけたことが兄や両親に知られたら叱られるに決まっているし、ミス・ウィンズレットにも長々とお説教を食らうだろう。

　絵図に従って歩いていくと、生け垣に囲まれた庭園の側に出た。入り口にはベンチがあって、ボーラーハットにラウンジスーツというカジュアルな恰好の男性が座って本を読んでいた。

　それがアルヴィンだと気付いてセラフィーナは驚いた。上流貴族がそういう庶民的な恰好をするのは珍しい。彼は座ったまま帽子のふちに手を当ててちょっと会釈をした。それもまたらしからぬ態度だ。どうやら彼は変装中らしい。彼は視線を生け垣の入り口へ向けて、小声で呟いた。

「中でお待ちです」

セラフィーナは会釈を返して中へ入った。そこは円形の小さな広場で両側にひとつずつベンチが置かれていたがエリオットはいない。

さらに奥に衝立《ついたて》のように生け垣があって、その向こうへ通路が続いている。そちらへ行ってみると、ぐるりと回ってさらに小さな広場——というより生け垣に囲まれた小部屋のような空間に出た。そこに小さなベンチがあり、さっとエリオットが立ち上がった。

彼はテイルコートに黒いタイと中折れ帽《ホンブルグ》を合わせ、気軽な散歩中の紳士といった風情だ。小走りに駆け寄ると彼はしっかりとセラフィーナの手を握りしめた。

「来てくれて嬉しいよ」

頬にキスをされ、促されるままベンチに寄り添って座る。

「びっくりしたわ。いきなり従僕《フットマン》から手紙を渡されて」

「報酬と昇進で釣ったんだ。まとまった額を渡し、従者《ヴァレット》として雇ってもいいと持ちかけたらすぐに承知してくれたよ」

「もしかして、何かあった……？」

不安になって尋ねると、エリオットは上機嫌に笑った。

「いいことがね。きみとの結婚を母上が承諾してくれた」

「本当!?」

思わず歓声を上げ、慌てて声をひそめる。

「その……女王陛下が……?」

「あー……。ついにバレたか」

苦笑され、セラフィーナはきまり悪そうに肩をすぼめた。

「新聞で見たのよ。第二王子殿下が王都に戻っていらしたって……。記事の挿絵は完全にあなただったから」

「そうか。――で？　僕が王子だと知って、きみはどう思った？」

鋭く見据えられてたじろぎつつ、勇気を奮って正直に告げた。

「それはもちろん……驚いたわ。だって、わたしが好きになったのは『ただのエリオット』だったから……」

エリオットは表情をやわらげ、にっこりと微笑んだ。

「嬉しいよ。実を言うと僕は、自分が王子でよかったと初めて思ったんだ」

「え……？」

「王子なら伯爵令嬢であるきみとの結婚に身分がどうのと言われないで済むだろう？」

衒《てら》いのない言葉に息を呑む。じわりと目を潤ませてセラフィーナは囁いた。

「それならわたしも伯爵令嬢でよかったわ」

エリオットは愛おしそうにセラフィーナを見つめ、そっと額にキスした。幸福感に包まれてしばし身を寄せ合う。やがて彼は憂鬱そうな溜め息を洩らした。

「ところが厄介なことに、身分以外の問題があってね……。それでこんなに時間がかかってしまった」

「問題？」

「ああ。僕の叔父、亡くなった父の弟のロックハート公爵だ。王配となったとき、父は爵位を息子ではなく兄弟に譲るという取り決めをした。叔父は公爵位を継ぐと、父の代役にでもなったかのようにやたらと政治に口を挟むようになったんだ。母上は亡くなった父上のことをとても愛していたから、公爵の口出しをあまり強く拒絶できない。叔父は父が健在だった頃から自分の娘を僕と婚約させようと画策してた」

「ロックハート公爵令嬢というと……レディ・アリシアかしら？」

「知り合い？」

セラフィーナはかぶりを振った。

「お見かけしたことは何度かあるけど、直接お話ししたことはないわ」

レディ・アリシアは咲き誇る大輪の紅薔薇を思わせる華やかな美貌の令嬢だ。立ち居振る舞いは自信にあふれ、田舎から出てきたばかりのセラフィーナは遠くから見ただけですっかり気圧されてしまった。

ちくっと胸に痛みが走る。

（あの人が、エリオットの……？）

「はっきり言っておくけど、アリシアと付き合ったことはないし、結婚話はずっと断っていた」

憂慮を見透かしたような強い口調に、ハッと顔を上げる。エリオットは怖いくらい真剣な顔でぎゅっと手を握りしめてきた。

「彼女は単なる従妹、それ以上の感情を抱いたことは一度もない。僕が好きなのはセラフィーナ、きみなんだ。きみと生涯を共にしたいと思ってる」

「……わたしもよ」

目を潤ませて頷くと、彼の顔にようやく安堵《あんど》の笑みが浮かんだ。

「きみのことは去年のうちに母と兄には伝えておいた。エインズリー伯爵令嬢と結婚したい、とね。ところが母は、叔父に遠慮してそのことを黙っていたんだ。母はアリシアを非常にかわいがってる。母からすれば僕と彼女の結婚は望ましいことだから、強制はしないけどいずれは受け入れるだろうと楽観的に考えてたみたいだ」

セラフィーナと結婚したいという次男の希望を、女王は本気にしていなかった。心身が弱っているときに出会い、一時的に熱に浮かされただけだと高をくくっていたのだ。

もちろん、れっきとした伯爵令嬢であれば結婚相手として不足はない。アリシアがいなければ女王も真剣に検討しただろう。

母の考えを兄からの手紙で知り、エリオットは王都への帰還を取りやめた。アルヴィンを始めとする知人の屋敷やホテル、国内に点在する王家の離宮を転々として、家族が集まって祝う年末年始にも戻らなかった。

母上が板挟みになって苦しんでおられる、と兄に諫《いさ》められ、しぶしぶ王都へ戻ったものの、いざとなれば新人舞踏会《デビュタント・バル》でセラフィーナと踊り、その場で結婚を宣言するつもりだった。

「そうすれば僕が本気だと伝わる。翌日の新聞に婚約記事が載ってしまえばこっちのものだ。でも、それだと将来的にきみと母上の仲がギスギスするんじゃないかと心配でね」

女王に疎まれれば社交界から締め出されるのは必至だ。それほど社交熱心ではないとはいえ、さすがにそのような事態は避けたい。

「だからずっと母を説得してた。母は別にきみが気に食わないわけじゃないんだよ。ただ、亡夫の姪と息子を結婚させたいと、一方的な願望を抱いている。単なるわがままさ」

「そんな、女王陛下に対して失礼よ」

控え目にたしなめると彼は肩をすくめた。

「本当のことなんだから仕方がない。母以上に面倒なのが叔父の公爵で、なんとしても娘を王家に嫁がせたがっている。アリシアなんかすっかり婚約者気取りで、まったく辟易するよ。以前は兄にまとわりついてたくせに、兄がファーンリーの姫君と婚約したとたん、僕に鞍替えして悪びれもしない。そういう厚顔無恥な女なんだよ。母上にはうまく取り入ってるけどね」

うんざりした顔で吐き捨てたエリオットは、ぽかんとしているセラフィーナに気付いて照れ笑いをした。

「ごめん、言葉がきつかったかな？　アリシアにはほとほとうんざりさせられているものだから」

「本当に陛下は認めてくださったの……？」

「それは間違いない。兄の口添えもあってしぶしぶながら、だったけどね。大丈夫、実際にきみと会えばすぐに気に入るはずだ」

「だといいけど……」

気弱な笑みを浮かべるとエリオットはチュッと目許にキスをした。

「自信を持って。きみはとても綺麗でエレガントなんだから」

そう言ってエリオットはしみじみと吐息をついた。

「この前の夜会で、窓辺に佇むきみは本当に美しかったな……。見とれてしまって、なかなか声をかけられなかったよ。まるで白鳥の化身のようだった」

衒いのない称賛に頬を染める。

「新人舞踏会《デビュタント・バル》で踊るのが楽しみだな。――おっと、その前に宮廷用衣装に身を包んだところもじっくり拝見しないとね」

「裳裾《トレーン》がものすごく長くて、捌《さば》くのが大変なの。あれで深々とお辞儀《カーツィー》をして、前を向いたまま下がらなきゃいけないでしょう？　専門の教師について毎日練習してるけどすごく不安だわ」

「ああ、あれは確かに大変そうだ。なぁに、失敗しても大丈夫さ。毎年何人かは転びそうになるんだから。みんな見なかったふりをしてくれるよ」

「ぎりぎりまで練習するわ」

セラフィーナは単なる新人《デビュタント》ではなく、エリオット王子が結婚したいと望む相手なのだ。女王も王太子も興味津々で注目しているはず。絶対に失敗できない。

「僕がついてるから安心して。拝謁のときには兄と並んで玉座の側にいる。見守ってるよ」

頷いたセラフィーナにエリオットは顔を寄せ、そっとくちづけた。

「……三日後には僕たちは正式な婚約者だ」

セラフィーナはうっとりと頷き、彼に手を取られて立ち上がった。

「送っていきたいんだが……」

「馬車を待たせてあるから大丈夫よ」

見つめ合いながら互いの手を握りしめる。もう少し一緒にいたかったが、早く帰らないと無断外出がバレそうだ。

三日後にはまた会える。拝謁の儀と新人舞踏会《デビュタント・バル》を無事にやり遂げれば、それからは人目を憚る必要はない。

(もう少しの辛抱よ)

自分に言い聞かせ、にっこりと彼に微笑みかけて踵を返した。

細い通路を通り、背の高い生け垣に囲まれた小広場へ出る。出口にさしかかったとき、ふいにセラフィーナは思い出した。

(プレゼント……!)

先日購入した銀の嗅ぎ煙草入れ。手提袋《レティキュール》を慌てて開くとちゃんと入っている。思いきって今渡してしまおうと急いで引き返した。

狭い通路に入ると、争っているような物音が聞こえてきた。何事かと足を速め、さっき出てきたばかりの小部屋風の空間の入り口に戻ってセラフィーナは立ちすくんだ。いったいどこから現れたのか、巨大な黒犬とエリオットが激しく格闘していたのだ。

セラフィーナは反射的に悲鳴を上げた。

「きゃあぁっ!　誰かっ、誰か来てぇ――――!」

エリオットはステッキを振り回して犬を追い払おうとしたが、飛びかかられて地面に倒れた。セラフィーナは無我夢中で走り寄り、手提袋《レティキュール》を振り上げて遮二無二犬を叩いた。

「やめて！　離れなさい！　あっち行って！」

「下がってろ、セラフィーナ！」

懸命に犬を押しやりながらエリオットが叫ぶ。渾身《こんしん》の力で手提袋《レティキュール》を叩きつけると、ちょうど嗅ぎ煙草入れの包みが頭に当たったのか、ギャンと吠えた犬は怒り狂ってセラフィーナに飛びかかった。

尻餅《しりもち》をついたセラフィーナの左肩に鋭い牙が食い込む。焼き鏝《ごて》でも当てられたかのような激痛が走った。

「い――――ッ!!」

「セラフィーナ！」

絶叫を上げたエリオットはステッキを振りかぶり、犬に叩きつけた。それでも犬は肩に噛みついたまま離れない。

「このっ、こいつ、離れろ！　セラフィーナを放せぇっ」

めちゃくちゃに乱打され、ついに犬が吹き飛ばされる。エリオットはステッキを投げ捨て、セラフィーナを抱き起こした。

「しっかりしろ！　セラフィーナ！」

「――――殿下、どうなさっ……なんだこいつ!?　くそっ……」

アルヴィンの声に続いて銃声が轟き、甲高い犬の鳴き声が響く。
「セラフィーナ！　セラフィーナ！」
悲痛なエリオットの叫び声。うっすら目を開けると彼が蒼白《そうはく》な顔で覗き込んでいた。
（……よかった、怪我は……してないみたい……）
ホッとすると同時に、急激に視界が暗くなる。
痛い。何本もの釘を一度に打ちこまれているみたいに激しく肩が痛む。
（わたし、死ぬの……？）
死にたくないわ。だってまだあなたと踊ってない。
エリオット。
どこにいるの……？
顔を見せて。
声を聞かせてよ。
ねぇ、どこにいるの？
返事して。
エリオット。エリオット。
……エリオット――。

第三章　瀕死《ひんし》の白鳥

セラフィーナが意識を取り戻したのは五日後のことだった。担ぎ込まれた病院で手当を受けたが、出血多量で一時は危険な状態に陥った。

峠を越えてもなかなか熱が下がらず、ようやく容態が安定すると家での療養となった。熱の影響で朦朧《もうろう》として、意識がはっきりするのにさらに数日を要した。

兄のガブリエルは付きっきりで看病してくれた。両親も時々様子を見にきたようだが、熱に浮かされてよく覚えていない。

十日経ってようやくベッドに起き上がれるようになったセラフィーナに、残酷な事実が突きつけられた。

左肩から二の腕にかけて大きな傷痕が残り、生涯消えることはない、と――。

こんな目立つ傷痕があっては夜会服は着られない。舞踏会や晩餐会など夜の社交にはオフショルダーのドレスが必須だ。昼間なら襟の詰まったドレスだからいいが、夜の社交に出られないのは貴族女性として致命的である。

もともと情の薄かった両親は、心身に大きな傷を負った娘をいたわるどころか失望もあらわに顔をゆがめた。結局セラフィーナはエインズリー伯爵家の地位と名声を高めるための単なる駒に過ぎなかったのだ。

一度は王族に嫁げるのではと期待しただけに、両親の落胆は大きかった。娘のデコルテを褒めた母は、まるで自分の完璧な美しさを穢《けが》されたかのように厭《いと》わしげな視線を向けた。美を失った娘に存在価値などないのだ。

「あなたにはがっかりしたわ」

冷たく言い放つと母は二度と部屋を訪れなかった。

父もひどく立腹していた。セラフィーナは親の目を盗んで男と逢い引きをした挙げ句、野良犬に襲われて傷を負ったのだ。

誰と会っていたのか詰問されても頑として口を噤んでいると、何事か兄に耳打ちされた父は憤然と鼻息をつき、「とんだ恥さらしだ！」と怒鳴って出て行った。

兄は肩をすくめ、枕に寄りかかってぼんやりしているセラフィーナの傍らに座った。

「相手はヒル・アベイの屋敷に勤めていた従僕《フットマン》だと言っておいた。悪く思わないでくれ。絶対に名前を出さないようにと、いいいいと高き方面から命じられていてね」

ぴくりと無事なほうの肩が揺れる。

「諦めるんだ。こうなってしまっては、もうあの方には嫁げない。わかるだろう？」

　黙り込んでいると兄は持て余したように溜め息をついた。

「たとえおまえがあの方と会っていて怪我をしたのだと言い張っても、向こうに否定されたらなすすべはない。理不尽だが、そういうものなんだ。おまえがバルバラ公園で犬に襲われたことは新聞に載ってしまった。散歩中に奇禍《きか》に遭ったという扱いだが……あの公園は未婚の貴族令嬢がひとりで散策するような場所じゃない。デビュー前の娘がいったい何をしていたのかと噂になってる。母上はそれで余計にピリピリしてるんだ」

「……わたしのせいで自分の評判まで落ちた、と？」

「母上は評判第一の人だからな」

　そう。そんなことは最初からわかっていた。母はそういう人なのだと。それより今知りたいのは彼のこと――。

「あの人は無事？　怪我してない……？」

「かすり傷だそうだよ。私も直接会ってはいないが。連絡を受けて病院に駆けつけたときには彼はもう王宮に帰っていた。事情を説明してくれたのはお目付役のスウィニー伯爵だ」

「……手紙は……？」

「来てない」

　セラフィーナの手を慰めるように軽く叩いてガブリエルは立ち上がった。

「ゆっくり休みなさい。心配することはないよ。ずっとうちにいればいい。責任を持って私が面倒をみる。けっして不自由はさせない。私たちは……家族なんだからね」

ふっ、と笑みをこぼし、静かに扉を閉めて兄は出て行った。がっくりとうなだれていたセラフィーナの目から涙がこぼれ落ち、ぽたりと手の甲に落ちた。

「……っ」

唇を震わせ、右手でおずおずと左肩に触れる。夜着の下は包帯で厳重に巻かれていた。もう二度と肩を出したドレスは着られない。生れて初めて自信をもたらしてくれたデコルテの美しさは永遠に失われた。

拝謁の儀も、新人舞踏会《デビュタント・バル》も、寝込んでいる間に終わってしまった。彼との約束はすべてが泡沫《うたかた》と消え、いよいよ社交活動が盛んになるという時期にセラフィーナは外にも出られない。

傷がふさがっても傷痕はずっと残る。

永遠に消えない傷痕。

永遠に失われた美と初恋。

「……エリオット」

消え入りそうな声で彼の名を呼ぶ。

逢いたかった。抱きしめてほしかった。『僕の暖炉さん』と呼びかけ、『大丈夫だよ』と優しく背中をさすってほしかった。

「エリオット。エリオット。エリオット……！」

名を呼ぶほどに涙があふれ、こぼれ落ちる。

消えない傷を負ったことよりも、二度と彼に逢えないという絶望に、深く深くセラフィーナは打ちのめされていた。

† † †

「──どうして会わせてくれないんだ!?」

エリオットは苛立ちもあらわにガブリエルに迫った。手には棘《とげ》を落とした淡いピンクの薔薇の花束を握りしめている。

「お静かに。妹は深く傷ついて寝込んでいるのですよ。充分に休ませてやらないと」

冷ややかに返され、エリオットはギリリと奥歯を食いしばった。

セラフィーナが声を殺して泣いている階の二階下、伯爵邸の玄関ホールでふたりの青年が睨み合っていた。どちらも一歩たりとも引かない形相だ。

エリオットはどうにか気を鎮め、躊躇《ちゅうちょ》なく頭を下げた。王族のプライドなどこだわってはいられない。

「ほんの少しだけでいいんだ。顔を見たらすぐに帰る」

王子に頭を下げられても眉一つ動かさず、にべもなくガブリエルは言い放った。

「だから会いたくないと妹は言っているんです。もう二度とお目にかかるつもりはないと」

「そんなわけあるか！」

声を荒らげるとガブリエルの口の端が小馬鹿にしたようにゆがんだ。咄嗟に殴りつけそうになるのを全力で抑え込む。

「……わかった。改めて出直すとしよう」

「何度いらしても同じことです。妹を想ってくださるなら気持ちを汲《く》んで、そっとしておいてください」

「せめて花束と名刺を渡してもらえないか」

「受け取れません」

「決めるのはセラフィーナだ！」

ガブリエルは呆れたように肩をすくめた。

「わかりました。お預かりします」

花束と名刺を受け取ると彼はエリオットを半ば強引に外へと押し出し、おざなりに一礼してぴしゃりとドアを閉めた。

鼻先で閉ざされた扉をエリオットは憤然と睨みつけた。これほど不遜《ふそん》な態度を取られたのは生まれて初めてだ。

待たせていた黒塗りの馬車に乗り込み、窓から建物を見上げる。セラフィーナの自室が三階にあることは買収した従僕《フットマン》のロジャーから聞いていた。無断外出に手を貸した咎《とが》で馘《くび》になったその男は、情報源として手許に引き取ってある。

通りに面した三階の窓はすべてカーテンが引かれ、人影も見えない。

エリオットは馬車の天井をステッキの握りで腹立たしげに叩いた。

今日のところは引き下がるが、諦めはしない。何がなんでも会って、微塵も気持ちが変わっていないことを直接伝えなければ……！

いや、まずは誠心誠意謝罪したい。自分を助けようとして彼女は大怪我をしたのだ。

「セラフィーナ……」

初めて出会ったときもそうだった。流されそうになったボートを繋ぎ止めようと、彼女はためらいもなく桟橋を蹴った。

ふわりと広がるドレスの裾から覗く白いドロワーズの綿レース。亜麻色の巻き毛をなびかせてすとんとボートに降り立った彼女の姿は、さながら舞い降りた天使のようで――。

そうだ、彼女はためらいもなく救いの手を差し出せる、希有《けう》な人なのだ。

そこにはなんの計算もない。打算と欲得まみれの取り巻き連中に愛想が尽きていたエリオットに、セラフィーナはその見えない翼で涼やかな風をもたらしてくれた。

小高い丘の上で深呼吸をしたかのような爽快感に、鬱屈していたエリオットの精神は息を吹き返した。

彼女がいなければ、もう息ができない。窒息して死んでしまう。腐臭を放つ底なし沼に引きずり込まれ、正常でいられなくなる。

自棄《やけ》になって馬を飛ばしたあのときのように、破滅に向かって突き進み、今度こそ今度こそ――。

――奈落の底まで堕ちるだろう。

ああ、セラフィーナ。きみが手をさしのべてくれなければ、僕はもう――。

エリオットは真っ青になって自分の身体に腕を巻きつけ、小刻みに震えた。

怖い。こんな恐怖は初めてだ。彼女を失うかもしれないと考えただけで、足元が崩れるような感覚に襲われる。いったいいつのまに彼女はこれほど大きな存在になっていたのか。

いや、最初からそうだった。自分に向かって跳躍するセラフィーナを目にした瞬間、この心臓を鷲《わし》摑みにされていた。彼女を失いそうになって初めて、それを思い知らされたのだ。

エリオットはカチカチ鳴る歯を食いしばり、力一杯顎を摑んだ。指の間から荒い呼気が洩れる。彼は血走った目を中空に向けた。

失ってなど、いない。まだ失ってはいない。

「……セラフィーナ」

本当にきみは僕と会いたくないのか？　謝罪も愛も受け入れる気はないというのか？　そんなはずがない。ためらいもなく僕を救おうとしたきみが、こんなふうに見捨てるわけがないじゃないか。

せめて謝らせてくれ。怪我をさせて申し訳ないと、跪《ひざまず》いて詫びさせてくれ。そしてきみの手を、そのかけがえのない優しい手を、どうか僕にさしのべて――。


エリオットが狂おしく煩悶《はんもん》する一方で、ガブリエルは受け取った花束と名刺を持って三階へ上った。セラフィーナの部屋へは行かず、自室に入ってドアを閉めるとまるで汚らしいゴミを持たされていたかのように顔をゆがめて花束を床に投げ捨てた。

マッチを擦り、名刺に火をつける。半分ほど燃えるのを待って灰皿に投げ捨て、すべて灰になるまで瞬きもせず凝視していた。

名刺が燃え尽きると、彼は床に投げ捨てた薔薇の花束をゆっくりと踏み潰した。

ぐしゃり。ぐしゃり。

念入りに踏みつけ、力を込めて踏みにじる。端整な顔が次第に紅潮し、眦《まなじり》が吊り上がって口許がゆがんだ。

花の残骸《ざんがい》を、さらに執拗に靴底ですり潰し、彼はようやく満足げな笑みを浮かべた。

細葉巻《シガリロ》に火をつけ、美味そうに吸う。

煙を吐き出し、うっそりと彼は呟いた。

「……渡すものか」

くくっと喉の奥で嗤《わら》い、彼はどさりと肘かけ椅子に身を投げ出した。

誰からだろうと、手紙も花も絶対に渡さない。

セラフィーナも渡さない。

あれは私のものなのだから。

私からあれを奪えるのは死神くらいだ。

あんな大怪我をするとはまったくもって想定外だったが、かえってよかったかもしれない。あれほど目立つ傷痕が残っては、名門伯爵令嬢だろうと釣り合いの取れる家柄からの引き合いがなくなるのは確実だ。

エリオットもしばらくすれば冷静さを取り戻すだろう。今は頭に血が上っているだけ。王族たる自分が夜会服も着られない女と結婚するわけにはいかないと早晩理解するはずだ。

くくっ、とガブリエルは忍び笑いを洩らした。

セラフィーナは一生独身でいるしかなくなった。貴族と縁を結びたい新興成金あたりが求婚してくるかもしれないが、身分違いの結婚を受け入れなければならないほどエインズリー伯爵家は金に困ってはいない。未婚の娘ひとりを生涯養うくらい造作もないことだ。

これで妹を手放さずに済む。そう、あれが生まれたときから決めていたのだ。絶対に手放さないと。一生自分の側に留め置くと。

セラフィーナはガブリエルにとって聖にして聖なる存在だった。自分のもとに遣わされた天使なのだ。他の誰にも手出しはさせない。けっして奪われてはならない。

醜い傷が残ってしまったのは残念だが、そのおかげで他の男の目に曝さずに済むのならむしろありがたいくらいだ。おかげであの鬱陶しい王子も追い払える。

田舎に閉じ込め、家庭教師《カヴァネス》と小間使いに監視させていたのに、どこからか入り込んできた忌まわしい蛇。美しい蝶に偽装した毒蛇め。危うく大事な天使をかすめ取られるところだった。

二度と会わせてなるものか。——そうだ、もう少し回復したら療養に連れ出そう。どこか、王都から離れた保養地にでも。

「……なるべく早いほうがいいな」

紫煙を吐きながら、ガブリエルは残忍な薄笑いを浮かべた。

† † †

兄がエリオットを勝手に追い返したとも知らず、その後もセラフィーナは自室に引きこもってぼんやりと過ごした。

傷は少しずつ癒《い》えていったが、どうでもよかった。どうせ元どおりにはならないのだ。手にするはずだったものはすべて失われた。恋も名誉も。幼い頃から願っていた、愛する人とあたたかい家庭を築くという無邪気な夢も。

部屋を訪れるのは医師を除けば兄と新しい小間使いのスーザンだけだ。ミス・ウィンズレットとエミリーは解雇された。セラフィーナの勝手な外出を許し、怪我の原因を作ったと責めを負わされたのだ。

あの日ミス・ウィンズレットは休日だったし、エミリーに何も言わずに出かけたのは自分の意志だ。悪いことをしたと悔やまれてならない。

三つほど年上のスーザンは、無口で無表情なところはミス・ウィンズレットに似ているが、彼女ほど冷たい感じはしなかった。黙々とセラフィーナの世話をして、必要なこと以外は喋らない。

かえってそのほうがよかった。エミリーだったら元気づけようと何かと話しかけてきたことだろう。善意とわかっていても、今はそういう気遣いが疎ましい。

エリオットから連絡はないかと兄に訊《き》くたび『ない』と返され、やがて尋ねるのをやめた。

　王族なんてそんなものだと兄は言う。この国で最も高貴な身分の人々だから、何をしても許されると思っているのさ。結婚相手は選り取り見取り、醜い傷の残る娘をあえて妻に迎えるわけがない、と。

「安心しろ、おまえがどんなに醜くたって絶対に見捨てたりはしない。一生結婚できなくてもちゃんと面倒をみる。父上や母上がおまえを見捨てようと、私だけはいつも味方だ」

　そんな言葉を、ことあるごとにガブリエルは言い聞かせた。子どもの頃のように寝る前に本を読み聞かせ、セラフィーナがうとうとし始めると決まってそう囁きかける。

　その言葉は眠りに落ちる前の朦朧とした意識にじわじわしみ込み、いつしかセラフィーナは自分がとてつもなく醜く、誰にも顧みられず、一生誰とも結婚できないと思い込むようになっていた。

　何があっても見捨てないでくれるのはお兄様だけ。頼れるのはお兄様だけ……。

　蜘蛛《くも》の巣に搦め捕られ、次第に弱っていく蝶のようなセラフィーナを、小間使いのスーザンが無表情にじっと見つめていた。

†　†　†

「――また飲んでいるのか」

呆れた兄の声に、エリオットは胡乱《うろん》な目を向け吐き捨てた。

「飲まずにいられるか、って」

直飲みしたワインのボトルを叩きつけるようにテーブルに置く。未だエリオットはセラフィーナに会えずにいた。何度訪ねても『会いたくないと言っている』の一点張りで追い返されてしまう。そのたびに手紙と花束を渡したが、果たして届いているのかどうか……。

日毎に焦燥感が増し、彼女を失うのではという恐怖を紛らわすために酒量が増えた。もともと酒には強い体質だから相当飲まないと酔えない。それでも頭の芯までは酔いが回らず、苛立ちは増すばかりだ。

ウィルフレッド王太子は隣の椅子に座り、ワインをグラスに注いで一口飲んだ。

「ん……？　こんないいワインをやけ酒に費やしてるのか？　なんともったいない」

「ほっといてくれ」

「そんなありさまでは、母上のお心も頑なになる一方だとは思わないか？」

「母上はもともと僕とアリシアを結婚させたがってたんだ。あの高慢ちきなブスと！」

「アリシアはブスではないだろう。客観的に見て」

「性格がとんでもなく不細工だッ」

「それはまぁ、俺も認めるがね……」

くだけた口調で言って、王太子はさらに一口ワインを飲んだ。エリオットはボトルを奪い返すと直飲みしたが、もうほとんど残っていなかった。

「追加だ！」

「殿下……飲み過ぎはお身体によくないですよ」

従者《ヴァレット》が、おそるおそる諫める。

「うるさい！」

「一本持ってきてくれ。そうだな、廃棄予定のものがいい」

据わった目つきの弟を制し、王太子が命じる。従者《ヴァレット》は目を丸くして頷くと急いで部屋を出て行った。イライラと頭を掻き毟るエリオットを、王太子はグラス越しに眺めた。

「まったく、なんてざまだ。百年の恋も冷めるぞ、これじゃ」

手厳しい言葉を投げつけられ、上目づかいに兄を睨む。

「自分は好きな相手と結婚できるからって……！」

「そう、だからおまえにも好きな相手と結ばれてほしいと応援してきた。だが、母上のお気持ちもわかるんだ。レディ・セラフィーナと結婚したら、おまえが妻に付き合って引きこもってしまうのではと心配なさっているんだよ」

「別に問題ないだろ。所詮《しょせん》僕は予備《スペア》だ。兄上さえしっかりしてれば僕なんかいなくていい」

「おいおい、悲しいことを言ってくれるなよ。俺がしっかりしていられるのはおまえがいてくれるからなんだぞ？」

「だったら兄上が厭でもしっかりできるよう、心置きなく飲んだくれてやるよ」

投げやりに空笑いする弟に、ウィルフレッドは嘆息した。

「おまえさ。本当はたいして社交好きでもないのに無理して周りに合わせてただろ。無茶苦茶に飛ばして馬から落ちたのも、むしゃくしゃが高じた挙げ句の自暴自棄《やけくそ》だ」

「さすがは優秀な王太子殿下、よーくわかっていらっしゃる」

皮肉ったところにワインが届いた。従者《ヴァレット》がコルクを抜くなり伸ばされた弟の手を払いのけ、王太子は自分のグラスに注がせた。

「……悪くないな。本当に廃棄予定なのか？」

「そうですが」

「ふーん……。見直しが必要だな。横流しをしてる疑いが濃厚だ」

「さっすが兄上。僕なんかいなくていいよね。いや、いないほうが断然いいね。僕はセラフィーナとふたりでひっそり暮らすから捜さないでくれ」

テーブルに突っ伏してエリオットは呻《うめ》いた。

澄ました顔でウィルフレッドがグラスを傾けると、エリオットが呟いた。

「僕は本当にセラフィーナに嫌われてしまったんだろうか……」

「どうだろうな。無我夢中で庇ったものの、一生傷が残ると知って怨《うら》む気持ちが芽生えたとしても、責めるわけにはいかん。会いたくないと言われたんだろう？」

「本人に言われたわけじゃない。ソーンリー子爵がそう言って会わせてくれないんだ」

「ガブリエルは妹思いだからな。寄宿学校で同室だったんだが、しょっちゅう妹に手紙を書いてたよ」

「……なんかあいつ、おかしい」

テーブルに突っ伏したまま彼は呟いた。眉をひそめてウィルフレッドが訊き返す。

「なんだって？」

「なんでもない」

なげやりに唸る弟を横目で眺め、ウィルフレッドは椅子の背にもたれた。

「彼女が会いたがらないのは、別におまえのことが嫌いになったからではないかもな」

「だったらなんで──」

「考えてもみろ。肩に大きな傷痕が残ったんだぞ。襟ぐりの深いドレスはもう着られない。つまり舞踏会とか晩餐会とか、夜の社交に出られないわけだ。若い娘が絶望しても無理はなかろう」

「ショールか何かで隠せばいいじゃないか」

むきになるエリオットに彼は溜め息をついた。

「そういう問題じゃないんだよ。彼女はおまえがこの国の第二王子だとわかっていて求婚に応じたんだろう？　つまり王子妃となれば公務として人前に立たなければならないことも、当然承知してたわけだ」

兄の言葉にエリオットは思い出した。母にデコルテラインを褒められたとセラフィーナが嬉しそうに語っていたことを。

「もう自分はおまえにふさわしくないと、彼女は考えたのかもしれない」

「どうしてそうなる!?　そもそもセラフィーナが怪我をしたのは僕のせいなんだぞ。犬に襲われたのは僕なんだ。彼女は僕を助けようとした。勇敢な女性じゃないか！」

「そうだな。男なら王子を助けた功績で勲章ものだ」

「女性だからって差別するのか!?」

「そうじゃない。おまえがデビュー前の令嬢と秘密裡《ひみつり》に逢ってたことが問題なんだ。しかも逢瀬中に野犬に襲われて怪我をした。上流階級の醜聞《スキャンダル》は恰好の新聞ネタだが、王族を非難することは憚られる。つまり矛先《ほこさき》は彼女に向けられるわけだ。あることないこと書き立てられて余計に傷つくだろう」

「だからって見て見ぬふりをしろと？　冗談じゃない、彼女こそ被害者なのに！」

「わかってるよ。表立って謝罪はできないから、内々に償いをしようとしたんだが、ガブリエルに固辞された」

エリオットは目を見開き、がばっと身を起こした。

「なんで!?」

「妹が王子と逢ってたことは両親には伏せてほしいと強く求められてね」

「……なんだよ、それ。伯爵夫妻はセラフィーナが会っていた相手が僕だってことを知らないのか？」

ウィルフレッドは生真面目な顔で頷いた。

「王子と密会していて取り返しのつかないことになったと知れば、両親は妹を責めるだろうと言うんだ。貴族が表立って王家を訴えることはできないから、下手をすれば彼女のほうが王子を誘惑したなどと非難されかねない。だから、ひとりで散歩をしていて運悪く災難に遭ったことにしてほしい、と」

エリオットはぽかんと兄を眺めた。

「なんなんだよ、それは……」

「俺だって同意しかねるが、家族にそう言われては引き下がるしかない。ガブリエルの言い分も筋は通ってるからな」

「どこが!?　セラフィーナを犠牲にして口をぬぐってろって!?」

「そうは言わんが今騒ぎたてても彼女の迷惑になるだけじゃないか？　まだ怪我の療養中でもあることだし、当分はそっとしておいたほうがいい。おまえも頭を冷やしてじっくり考えろ」

エリオットは兄を睨みつけるとワインボトルをひったくってラッパ飲みした。たちまち空にしてテーブルにドンと叩きつける。剣呑な目つきで彼は吐き捨てた。

「冷やしたくなんかないね。何があろうと僕はセラフィーナと添い遂げる。絶対に。どうしてもだめだと言うなら、王族なんかやめてやる……！」

「ところで犬はどうした？」

突然、脈絡もなく問われ、虚を衝かれてエリオットは目を瞬いた。

「犬？」

「おまえを襲った野犬だよ。捕まったのか？」

「知らないよ。アルヴィンに訊いてくれ。捕まえたのなら僕が撃ち殺してやる……！」

すっくと立ち上がったエリオットはよろよろとベッドに向かい、そのままうつ伏せに倒れ込んだ。

「セラフィーナ……。僕はもう死にそうだ……」

すすり泣くような呻き声に溜め息をつき、ウィルフレッドはグラスを傾けながら独りごちた。

「それにしても、ずいぶんとまた都合よく犬が現れたものだよな。あの辺りは野犬が多いのかね？　きちんと調べないと王都の治安に関わる。——ああ、そういえば違法なヤミ闘犬を行う地下クラブがあるらしいんだが……おまえ知ってるか？」

返ってきたのは低い唸り声だけだ。ウィルフレッドは肩をすくめ、グラスを置いて立ち上がると、控えていた従者《ヴァレット》に後を託して立ち去った。

倒れ伏したまま動こうとしない主に従者《ヴァレット》は苦労しながら上着と靴を脱がせた。

「もういい、出てけ」

不機嫌に命じると、従者《ヴァレット》は『おやすみなさいませ』と一礼してそそくさと出て行った。

それなりに酔っているはずなのに頭の芯は頑固に冴えたままだ。エリオットはベッドに突っ伏したままつらつらと兄の言葉を思い返してみた。セラフィーナに会いたい一心で、元凶である犬のことはすっかり忘れていた。

突然、目の前に現れた巨大な黒犬。筋骨隆々としたマスチフ系で、血走った目つきと獰猛な唸り声にすぐに変だと気付いた。エリオットが腰を浮かせると同時に猛然と犬は襲いかかってきた。

あのときは無我夢中で気にする余裕はなかったが、思い出してみると野良犬とは思えぬ体格のよさだった気がする。

（あの辺りにヤミ闘犬の犬舎でもあるのか……？）

知らなかったとはいえ、あの公園を指定したのは自分だ。ますます申し訳なさが増して落ち込んでいると、コツコツと扉が鳴り、返事も待たずに勝手に誰かが入ってきた。

「あらまぁ、エリオットったら。着替えもしないで寝ちゃったの？」

従妹のアリシアだとわかってげんなりする。

（また来てたのか……）

女王に娘扱いされているのをいいことに王宮に入り浸り、宮殿の一角に住まいまで与えられて、すっかり王族気取りだ。エリオットがなかなか王宮に戻らなかったのはそのせいもある。

「たかだか遊び相手がひとり減っただけなのに、何をそんなに気にしてるのやら」

馬鹿にした口調にカッとなったが、口もききたくないので寝たふりを続けていると、またノックの音が響いてわざとらしさ満載の声がした。

「エリオット殿下。娘がお邪魔していませんかな」

父親のロックハート公爵だ。狸《たぬき》寝入りを続けながらエリオットはますますうんざりした。

「ん？　寝てるのか？」

「そうなのよ。独りで飲んでるって聞いたから、付き合ってあげようと思ったのに」

余計なお世話だ、出てけ！　と怒鳴り声を上げようとした瞬間、公爵がにわかに声を弾ませた。

「いや、かえって好都合かもしれないぞ。既成事実を作るのだ」

寝たふりをしながら聞き耳をたてていたエリオットはぎょっとした。

「な、何を仰るの……!?」

「誤解するな。周囲にそう思わせることさえできればいい」

「でも……そんなの破廉恥よ……」

王子たちから厚顔無恥と評されているアリシアだが、公爵令嬢のプライドゆえか、さすがにためらう。苛立ったように公爵が語気を強めた。

「羞《は》じらっている場合か！　結婚さえしてしまえばいずれ殿下のお気持ちがおまえに向くのは間違いない」

「でも、ソーンリー子爵が横槍を入れてくるんじゃないかしら。相手が子爵の妹さんとは思わず、あの日エリオットの後をつけるよう彼に頼んでしまったの。エリオットがアルヴィンと喋っているのを偶然立ち聞きしたものだから……」

さらに公爵父娘《おやこ》が小声でひそひそ囁き交わすのを、エリオットはうつ伏せになったまま身じろぎもせず聞いていた。

やがて衣擦れの音に続き、アリシアが小さな悲鳴を上げた。

「お父様、血が……！　早く手当てをしないと」

「大丈夫だ。……こんなものでいいか。後は任せたぞ」

「わかりました、お父様」

決然とアリシアは答えた。公爵が出て行き、しばし黙って座り込んでいたアリシアは深く一呼吸するとおもむろに服を脱ぎ始めた。ドレスを床に放り投げ、髪を乱し、下着の裾を引き裂いてベッドにもぐり込む。さすがにくっついてはこず、間を空けてエリオットと並んで横たわった。

うつ伏していたエリオットが一声唸って寝返りを打つと、アリシアはびくっとして小声で名前を呼んだ。無視して背中を向けていると彼女は安堵の吐息を洩らし、やがて規則正しい寝息が聞こえてきた。

蠟燭が燃え尽きる一瞬、エリオットの瞳が冷酷な光を放ち、すべてが闇に閉ざされた。

翌朝は朝から大騒ぎとなった。王宮に泊まっていた娘を急用のため捜しにきたロックハート公爵が、エリオット王子のベッドで下着姿で泣きじゃくっているアリシアを発見したのだ。

王子は身に覚えがないと突っぱねたが、公爵はこのようなことになった以上、娘の名誉を守るためにはふたりを結婚させるしかないと女王に訴えた。

女王は息子の不埒な行いを認めたくはなかったが、娘同然にかわいがっているアリシアに泣かれては突き放せない。

泥酔して理性を失ったのか、あるいはセラフィーナと間違えたのか、とにかくエリオットは彼女の純潔を奪ったのだ。ふたりの寝ていたシーツには出血の痕跡がくっきりと残っていた。

もともと結婚させたがっていたこともあってか、女王はただちに婚約を命じた。それでも頑として過ちを認めないエリオットを、公爵は卑怯だと非難した。

言い争いを見守りながら、ウィルフレッド王太子は弟の奇妙な態度が気になっていた。覚えがないと言い張るくせにアリシアが嘘をついているとは言わない。それどころかまともに彼女を見ようともしないのだ。

本当に何もしていない確信があるなら、弟の性分として、まっすぐ相手を見据えて断言するのではないか？　それに、アリシアがいくら厚顔無恥でもそんな嘘をつくとは思えない。

嫌っていた従妹に手を出したとは思えないが、昨夜のエリオットは相当に深酒をしていた。酔った勢いでアリシアをセラフィーナと間違えた……ということが絶対ないとも言いきれない。

ウィルフレッドとしては弟を信じたいが、確信できないのがどうにも歯がゆかった。

女王もまた息子を哀れに思い、しばらく婚約を内密にするよう公爵に求めた。うやうやしく頭《こうべ》を垂れながらも公爵は一刻も早く娘と王子の婚約を公表するつもりだった。新聞の社交欄に載ってしまえば後には引けないからエリオットも観念するだろう。

婚約破棄は理由の如何《いかん》を問わず大きな醜聞《スキャンダル》だ。貴族の筆頭である王家は当然避けたがる。

父娘はそれとなく視線を交わして頷き合った。計画どおりに事は運んだ。泥酔して理性をなくしたエリオットがアリシアを襲い、手込めにしたという筋書きだ。アリシアの衣服を引き裂き、さらに公爵が腕を切って血をシーツに垂らしておいた。これで公爵家は王家にさらに深く食い込み、議会での発言力も女王への影響力も強まる。

公爵たちが安堵した隙をつくように、エリオットは王宮を抜け出した。またもや騒ぎになったが、すぐにアルヴィンの邸に転がり込んでいることが判明した。

居場所がわかっているなら問題はない。婚約が成立して安心したアリシアは、嫁入支度《トルソー》を整えるために実家の公爵家へ戻った。自信過剰なアリシアは、婚約しただけで早くも目的を達成したかのように思い込んでいたのだった。


「――で、これからどうするつもりなんだ？」

渋い顔のアルヴィンに問われ、寝椅子でくつろいでいたエリオットは片目を開けた。

「決まってるだろ。セラフィーナと結婚する」

「レディ・アリシアと婚約したのに？」

「あとで大々的に破棄して恥を掻かせるために、あえて屈したんだよ。まったく公爵家の奴らときたら、とんでもない害虫ぞろいだ。あいつら全員、徹底的に駆除してやる」

「末の跡取り息子は関係ないと思うが。まだ寄宿学校だ」

「会ったこともないから知らないね」

エリオットはにべもなく吐き捨てた。

「酔い潰れていると思い込んで勝手なことばかりべらべらと。まったくむかむかした」

「よく寝たふりができたもんだ」

感心したように言われ、エリオットは荒っぽく鼻息をついた。

「よっぽど殴りかかろうかと思ったさ。気になることがあったから必死に我慢したんだ」

「気になること？」

「あの日、ガブリエルもあの公園に来てたらしい。アリシアが立ち聞きをして、僕の相手が誰だか確かめようとたまたま行き遇《あ》った彼に僕の後をつけるよう頼んだそうだ」

「相手の実兄に頼むとは、間抜けというか、皮肉というか……。だがちょっと変じゃないか？　あれだけ騒ぎになったんだから居合わせたなら気付いたはずだ。彼は連絡を受けて駆けつけたと病院で言ってたぞ」

「僕らを襲った犬はどうなった？」

「ああ、あれ。死んでたよ」

あっさり言われてエリオットは眉を上げた。

「おまえが撃ち殺したのか？」

「あいにく俺が撃った弾はかすっただけ。後で捜したら眉間を撃たれた黒犬が見つかった。首輪もなく、飼い主は不明」

「ヤミの闘犬クラブの犬という可能性は？」

アルヴィンは顎を撫でて考え込んだ。

「ありえるな。見るからに逞《たくま》しい体格だった。公園近くにそれらしい犬舎がないか調べてみる。——しかしヤミ闘犬だったとしても、たまたま逃げ出した犬が、たまたま殿下を襲ったというのはいささか出来すぎだな」

エリオットは肩をすくめた。

「たまたまのわけがないだろう。あいつのさしがねに決まってる」

「それは、確認が取れるまで口にしないほうがいいぞ」

「だから誰とは言ってない」

アルヴィンは溜め息をついた。

「どうもおかしな成り行きだな。貴族なら王家と繋がりを持ちたがるのが普通なのに。言い方は悪いが、レディ・セラフィーナを傷物にした責任を取れと迫ってもおかしくない」

「むしろ迫ってくれれば喜んで責任を取らせてもらったよ。そうすれば一生大事にするとおおっぴらに言えたのに……。やっぱりあいつ、なんかおかしい。セラフィーナが僕と逢っていたことを、両親には知らせてないそうだ」

「伯爵夫妻は知らないのか？」

意外そうに目を剝くアルヴィンに、エリオットはイライラと頷いた。

「新聞報道のとおり娘が一人歩きしていて災難に遭ったと思ってるんだろ。というか、そういう筋書きを考えたのはそもそもあいつだ」

「彼の提案に乗ったのは事実だけどな。女王陛下はご子息が醜聞に巻き込まれることはなんとしても避けたいとお考えだから、子爵の申し出は正直ありがたかっただろう」

「結局僕の短慮のせい、か。あと三日我慢していれば、こんなことにならなかったのに」

頭を抱え込んで嘆息するエリオットを、アルヴィンは痛ましげに見やった。

「無理もない。結婚の許可が下りたらすぐ知らせたくなって当然だよ」

「そのせいで取り返しのつかない傷を負わせてしまった。もちろん僕は傷痕なんて気にしない。だが、彼女自身はそうはいかないんだろうな……。いっそ、僕を責めてくれたらいい。面と向かって僕のせいだと非難し、責任を取れと怒鳴ってくれたら。会いたくないと言われるのが一番つらい。それともそれが、僕に下された罰なのか？」

アルヴィンはなんと言っていいかわからず、黙って頭を下げて部屋を出て行った。

事件から二か月経った、七月半ば。

セラフィーナ付き小間使いのスーザンは、教会からの帰り道、人通りの少ない路地をひとりで歩いていた。

後ろから車輪の音を響かせて近づいてきた馬車が傍らで急に速度を落とす。不審を覚えて顔を上げたとたん馬車の扉が開き、中から伸びた腕が強引にスーザンを引きずり込んだ。扉が閉まり、馬車はふたたび速度を上げて走り出した。

真っ青な顔で縮み上がる彼女に優しく微笑みかけたのはエリオットだった。彼は怯えるスーザンをなだめ、自己紹介をして害意がないことを納得させると、セラフィーナの様子を詳しく尋ねた。

セラフィーナが完全に屋敷に引きこもっていることは予想がついていたが、実際に身の回りの世話をしている人物から聞くといっそう痛ましさが胸に迫り、平静さを保つのが難しいくらいだった。

中でも気になったのはガブリエルの奇妙な行動だった。彼は眠っているセラフィーナに『おまえは醜い』『一生結婚できない』『頼れるのは私だけだ』などと囁いているというのだ。

セラフィーナのためにこれからも協力してもらいたいと真摯《しんし》に頼み、礼金を渡すと人気のない路地でスーザンを降ろした。

「……あのメイドがソーンリー子爵に告げ口したらどうするんだ？」

アルヴィンに尋ねられ、エリオットは唇に薄い笑みを浮かべた。

「そういう女なら、あいつがセラフィーナに妙な暗示をかけていたことは言わないんじゃないかな」

「それもそうか。しかし子爵がそんな危うい人物とは思わなかったな。名門の跡取り息子で王太子の側近、おまけに美男子だ。未婚の令嬢たちから理想の結婚相手と見做《みな》されてると聞いたぞ」

エリオットは顔をしかめてこめかみを引っ掻いた。

「兄上は気付いてるのかな。寄宿学校で同室だったそうだけど。――ああ、すごく妹思いだと言ってたっけ。毎日のように手紙を書いてたとか……」

馬車に揺られながらスーザンから聞いた話を思い返してみる。

『くっきりと痕が残ってしまって……。お召し替えを手伝うたび、お気の毒になります。とってもお綺麗な方なのに、あんな無惨な……』

彼女が訥々《とつとつ》と口にした言葉とともに、忍び込んだ夜会で見たセラフィーナの白い肩が思い浮かんだ。その肩から、まるで咲き誇る薔薇のように真っ赤な傷口が開いてゆく。

エリオットの背に、ふいにぞわりと異様な戦慄《せんりつ》が走った。背徳的な考えが、闇の底からふつふつと湧き上がる。

確かめたい。この目で。彼女が負った傷を――。

どれほど無惨なものであろうとも、いや、無惨なものであればあるほど、エリオットにとってそれは彼女の想いの強さを証明するものとなる。

（セラフィーナ……！）

夢想の中で、ひしと彼女を抱きしめる。デビュタントの白いドレスをまとった彼女の肩にくちづけるたびに赤い薔薇が花開き、棘をまとった蔓《つる》がうねうねと伸びる。それはエリオットの首や四肢に絡みつき、皮膚に食い込んで血飛沫《ちしぶき》を上げた。恍惚として彼はその痛みを受け入れた。

これは彼女の痛みだ。本当は自分がこうむるはずだった痛みなのだ――。

むごたらしい傷はまさしく愛の刻印そのものとなって花開き、薄闇の中で絢爛《けんらん》と咲き誇る。エリオットは憑《つ》かれたようなまなざしで、眼裏に浮かぶ愛しい乙女を見つめ続けた。

いつからか彼は、セラフィーナの傷を想像するたびに狂おしくも昂揚した気分に襲われるようになっていた。甘く妖美な幻覚は、彼女の愛を失ったのかもしれないという絶望に打ちのめされそうになる彼を救うと同時に、精神の均衡を少しずつ蝕《むしば》んでいった。

その危うさに気付いているのかどうか……エリオットは愉しげな笑みを唇に浮かべ、上着の内ポケットから銀の嗅ぎ煙草入れ《レティキュール》を取り出した。

あの日、セラフィーナの手提袋からとび出て散乱したものの中にあったリボンのかかった包みをエリオットは咄嗟にポケットに入れた。後で開いてみると、それは銀製の嗅ぎ煙草入れだった。アンティークらしい優雅で落ち着いたたたずまいだ。父親か兄にあげようとしたものかもしれなかったが、自分へのプレゼントだとエリオットは決め込んだ。

いつも上着の内ポケットに入れ、好きな香りのついた嗅ぎ煙草を詰めて時々匂いを嗅ぐ。そのたびに、あのときの光景を脳裏に蘇らせた。自分の好きな香りとあの悲惨な光景とを、あえて結びつけたのだ。

忘れないために。

けっして記憶を薄れさせないために。

それは自分自身に繰り返し傷を刻む行為に等しかった。そうすることで、自分が本来負うべきだった傷、不運にも負いそびれた傷を心に刻みつけるのだ。

「……見たい」

呟くと、アルヴィンが訝しげな目を向けた。

「何を？」

「セラフィーナの傷が見たいんだ」

「失礼だろ！」

「こっそり覗くだけでいい」

「ますます失礼だ！」

「彼女の傷は僕の傷なんだ。だから僕には見る権利がある」

「そんな詭弁《きべん》――」

「セラフィーナを診察している医師は誰だ？　そいつに頼んで陰から見学させてもらう」

「殿下」

アルヴィンが、表情を改めてたしなめる。エリオットは意にも介さず言いつのった。

「見るだけだ。金ならいくらでも払う。外科手術だって見学できる世の中なんだぞ？　押すな押すなの大盛況だというじゃないか」

「貴族女性の診察は公開されません」

「だからこっそり覗くんだ。絶対に気付かれないようにする。もちろん誰にも言わない。金を払っても渋るのなら……権力を行使するまでだ」

「殿下――」

言葉を失うアルヴィンを、冷ややかに眺めて彼はうそぶいた。

「第二王位継承権者に命じられて拒否できる奴はそう多くはいないだろうね」

実際、セラフィーナのかかりつけ医が躊躇したのはほんの一瞬だった。エリオットは身分を明かした上で、新聞記事で興味を持ち、どれほどの傷なのか見てみたくなったのだと悪びれもせず医師に告げた。

特に疑われはしなかった。古来、やんごとなき方々がいっぷう変わった趣味嗜好《しゅみしこう》を持つのは珍しくもない。

医師が求めたのは絶対に患者に気付かれないようにしてほしいということだけだった。エリオットはけっして迷惑をかけないと約束し、診察室の壁際に据えられたワードローブに身を潜めた。

細く開いた扉の隙間から窺っていると、ノックの音がして診察室に黒っぽいデイ・ドレス姿の女性が入ってきた。帽子からネットを垂らしているので顔がはっきりしない。

挨拶を済ませた彼女が帽子を取り、エリオットは危うく声を上げそうになった。

（セラフィーナ……！）

夢にまで見た愛しい乙女の姿に、嵐のごとく心が掻き乱される。エリオットは口許を強く押さえ、目を見開いて彼女を凝視した。

三か月足らずの間に彼女はすっかりやつれていた。青白い肌は抜けるように白く、痩せたせいか異様に目が大きく見える。彼女は衝立の陰に入り、メイドの手伝いでドレスを脱ぎ始めた。

見えないじゃないかと焦っていると、やがて彼女は白いシュミーズにコルセットを付けただけの姿で現れた。医師の質問に答える彼女の声は小さすぎてほとんど聞こえない。

医師がシュミーズの襟元をはだけ、デコルテがあらわになって思わずエリオットは息を呑んだ。

凄まじい暴虐の痕が、そこにはくっきりと刻まれていた。強靭《きょうじん》な顎で食いつかれ、噛み裂かれたむごたらしい傷痕——。

それはロマン主義的な妄想を叩きのめすに充分すぎるほどの衝撃をエリオットにもたらした。

かつては白鳥のようにすべすべとして優美だった肩口から二の腕にかけてのラインは、赤味をおびた傷痕でまだらなでこぼこになっている。

右肩が無傷であるだけに、その対比はいっそう無惨だった。力なくうなだれた彼女の後ろ姿は、まさに瀕死の白鳥そのものだ。

食い入るように凝視していたエリオットの目から、ゆくりなくも涙がこぼれた。その傷はあまりに酷《むご》く、胸が押し潰されそうになる。

それは純粋な悲しみであると同時に、どこかに昏く異質なものも含まれていた。

ようやくほころびかけたところで毟り取られ、踏みにじられてしまった美しく可憐《かれん》な花。彼女はまるでそんな花の妖精のようだ。あの傷を癒やすことができるのなら、どんな犠牲でも喜んで払おう。

どれほど痛ましくはあっても、エリオットはその傷を『醜い』とは微塵も感じなかった。

むしろ、それはこの世で最も崇高なるもの――まさしく聖痕だ。

無償の愛の証。どれほど彼女が自分を思ってくれていたかの、まぎれもない証なのだ。

エリオットは口許に掌を押しつけながら、随喜《ずいき》の涙をこぼし続けた。

（ああ、セラフィーナ。きみはなんて美しいんだ……！）

今こそ僕はきみの真の美しさを知った。完全無欠の美しさなど本当の美ではない。それは単なる上っ面の輝き、なんの深みもないのっぺらぼうの表面が反射して光って見えるだけだ。

今のきみは内面から息づくように輝いている。青白い、神秘の光を放っている。それこそが、きみ自身の輝きなんだ。

エリオットは初めてセラフィーナに対して灼《や》けるような渇望を抱いた。

彼女が欲しい。

あどけない無垢《むく》な少女にかつて抱いた甘く無邪気な愛とはまったく違う、それは吼《ほ》え猛る嵐のような欲望だった。

第四章　夢の囚われ人

家に引きこもって暮らすセラフィーナは、いつからか時間の感覚が希薄になっていた。昨日のことも十日前のこともまったく同じ、ぼんやりした影のようにしか感じられない。繰り返しの毎日に埋没することで心は平坦に保たれた。傷は隠され、ないことにされた。現実と向き合わざるを得ないのは医師の診察を受けるときだけ。それさえ過ぎればすぐさま虚構の世界に駆け戻る。

着替えのときはただまっすぐ前を向いて立っていればスーザンが着せてくれた。ドレスはすべて襟の詰まったデザインのもので、肩が開いた夜会服などはいつのまにかクローゼットから消えていた。

髪を結い上げるのもやめた。下ろしたままでいると、少女時代に戻ったような気になれる。

ほんの一瞬顔を出しただけの大人の世界は、もはや遠い夢のようにおぼろになっていた。両親とは挨拶を交わすだけで会話はほとんどない。それもまた子どもの頃と同じ。まともに相手をしてくれるのは兄のガブリエルだけだ。

今でも自分は不格好な子どものまま。きらびやかな大人の世界からはじき出されたできそこない――。

手遊びにピアノを弾き、読書をする。大好きだった恋愛小説《ロマンス》はもう読まない。ランプをつけてお堅い歴史の本を開いても、文字を目で追っているだけで内容はひとつも頭に入らなかった。

カーテンの隙間から外を覗いてみる。眼下を行き交う人々と馬車。かつて漠然と憧れを抱いた王都の賑わい。ほんの少しだけ外出してみたくなるけれど、あまりに眩しすぎてすぐにカーテンを閉じてしまう。

気晴らしに日記を書くといいと、兄は洒落た装丁の日記帳をくれた。特に書きたいこともなく、その日の出来事をただ書き留める。

時々、手紙を読んだ。届いたものではなく、出されることのなかった手紙。秘密の場所から取り出して開いたそれは、世間知らずの少女が『E』氏に向けて綴《つづ》った手紙だった。

本当に自分がこれを書いたのだろうか？　『E』氏とは果たして誰だったのか。

他愛ない手紙を読み進めるうちに、じわじわと涙が込み上げてくる。優しい微笑みが幻のように脳裏をよぎった。

「……エリオット」

そう、エリオットだ。セラフィーナの王子様。まさしく文字どおりの……。

ふと疑念が兆した。

(本当にわたしは彼と出会ったのかしら……?)

ただの空想だったのでは? 恋愛小説《ロマンス》を読みすぎて、願望と空想がごちゃまぜになっただけかもしれない。本当に彼と出会った証拠は何ひとつないのだから。

ふいに記憶が鈍い光沢を放つ。

何か、彼にあげたような気がする。いいえ、あげようとしただけかも。それともみんなただの空想に過ぎないの……?

セラフィーナは茫洋《ぼうよう》と室内に視線を巡らせた。使われていない暖炉には羊歯《しだ》の鉢植えが詰め込まれている。

暖炉。

またひとつ、記憶が瞬いた。

『僕の暖炉さん』

優しい声の響きとともに涙があふれ、青ざめた頬を伝う。

『きみといると、心がぽかぽかするんだ。きみは、どう?』

「……ごうごうするわ」

セラフィーナは呆然と呟いた。

火力が……強すぎて……。

エリオット。

わたし、あなたと本当に出会ったのかしら？

何もかもが夢だったみたいに思えるわ。すべてわたしの埒《らち》もない空想で、新聞か何かで見たエリオット王子を好きな恋愛小説《ロマンス》のヒーローに勝手に重ね合わせただけなのでは？

怪我だって、ひとりで散歩していて襲われたのを最愛の人を庇ったのだと思い込んだだけかもしれない。だって、そのほうがロマンチックじゃない？　きっとどこかでそんなお話を読んだのよ。

ねぇ、そうなんでしょう？

だって……あなたは一度も会いに来ないんだもの。手紙の一通さえも寄越さない。だから、きっと、そうなんだわ。

恋愛小説《ロマンス》なんて読むと馬鹿になるというお兄様の言葉は本当ね。わたしは頭の悪い田舎育ちの小娘で。すべてはそんなわたしの空想に過ぎなくて。

エリオット王子はわたしのことなんて知りもしないのだわ――。

「――まったく。逃がした魚は大きいというのは本当だな」

翌日。朝食のテーブルについていたセラフィーナは、父伯爵の不機嫌な口調にぼんやりと顔を上げた。

「なんです？」

兄が穏やかに尋ねる。

「エリオット王子がロックハート公爵令嬢と婚約したそうだ」

「……っ」

セラフィーナは目を見開き、身体をこわばらせた。

「まったく、これでは公爵の影響力が強くなる一方ではないか」

憤慨する父親を、ガブリエルがやんわりとなだめる。

「公爵家は故王配殿下のご実家でもあります。女王陛下が頼りになさるのも無理はないでしょう」

「我が家のほうが遥かに昔から王家に仕えておる！　ロックハートはもともと地主あがり、当主が女王陛下のご夫君となったがゆえに公爵に格上げされたに過ぎん。我がエインズリー家は何世紀も前から王家に代々仕えてきた騎士の家系なのだぞ。そのことをゆめゆめ忘れるでない！」

「ええ、わかっていますとも」

父は荒々しく鼻息をついた。

「いいか、ガブリエル。おまえはもったいなくも王太子殿下に目をかけていただいているのだ。ロックハートの小僧なんぞに付け入る隙を与えてはならんぞ」

「はい、父上」

ガブリエルが殊勝に頷くと、父は新聞を手荒にたたんで朝食室を出て行った。彼は苦笑して残ったコーヒーを飲んだ。

「『ロックハートの小僧』はまだ十一歳だけどね。――さて、私も出かけるよ」

「あ……いってらっしゃい」

頬にキスされ、我に返ったセラフィーナはぎくしゃくと微笑んだ。

しばらくじっとしていたが、使用人の姿もないことを確かめると新聞をさっと掴んで座り直す。

おそるおそる紙面をめくって社交欄に行き着くと、父の言ったとおり第二王子エリオットとロックハート公爵令嬢レディ・アリシアの婚約が成立したことが大々的に報じられていた。

エリオット王子の肖像をセラフィーナは食い入るように見つめた。

ああ、間違いなくエリオットだ。

王子様は公爵令嬢と結婚する。文句のつけようのない、完璧なカップル。

涙があふれ、紙面にぽたぽたと滴り落ちた。

「……っふ」

声を殺してすすり泣く姿を朝食室の入り口から覗き見て、ガブリエルがくすりと笑う。

彼はトップハットを小粋にかぶり直し、ステッキを小脇に抱えると、深々と一礼する執事を尻目に上機嫌に玄関ホールを通り抜けた。


アルヴィンの家に居候《いそうろう》を続けるエリオットは、読んでいた新聞をいきなりぐしゃりと握り潰し、力任せに床に叩きつけた。

「厚顔無恥な害虫父娘めが……っ！」

「おい、何するんだよ。俺まだ読んでないんだぞ」

新聞を拾い上げ、アルヴィンは肩をすくめて紙面を目で追った。

「――ふーん。ずいぶん詳しく出てるじゃないか。公式発表はこれからとなってるが」

エリオットはイライラと室内を歩き回りながら嫌悪もあらわに吐き捨てた。

「公爵がリークしたに決まってる。婚約を発表するのは十一月のはずだった。身の証を立てると密かに母上を説得して、どうにか延ばしてもらったってのに」

「しびれを切らしたんだろ。身の証を立てられても困るしな」

アルヴィンが角張った顔に人の悪い笑みを浮かべると、執事が現れて慇懃《いんぎん》に一礼した。

「王宮から侍従が来られました」

「会いたくない。僕は不在だ」

ぴしゃりと撥ねつけられても無表情に執事は続ける。

「女王陛下からの書簡《しょかん》をお預かりしているそうです。殿下がお読みになるまで帰らないと」

そう言われては居留守を使うわけにはいかない。しぶしぶエリオットは応接間へ下り、侍従から受け取った手紙をその場で開いた。

げんなりした溜め息を耳にしてアルヴィンが眉をひそめる。

「何か問題でも？」

「わからん。とにかくすぐ帰ってこいの一点張りだ。帰らなければ近衛兵を差し向けて強制連行するとある」

「それはまた強硬だな。おとなしく戻ったほうが身のためだぞ。公爵が先走って婚約を新聞に洩らしたことで陛下もお怒りなのかもしれん」

頷いてエリオットは侍従の乗ってきた馬車に同乗して王宮へ向かった。女王から目付役を仰《おお》せつかっているアルヴィンも同行する。

だが、王宮で待ち受けていたのは予想外の展開だった。

「——なんですって？」

面食らって目を瞬くエリオットを、ロックハート公爵が憤怒の形相で睨みつける。

「申し上げたとおりです。アリシアが妊娠しました。月のものが来ないそうです」

エリオットは無言で従妹に視線を向けた。室内にいるのは女王とふたりの王子、そして公爵とアリシアだ。アルヴィンは廊下で待っている。

「……へぇ。誰の子です？」

アリシアは恥辱か怒りか茹《ゆ》でたように真っ赤になり、公爵は目を吊り上げて怒鳴った。

「まだそのようなことを！　往生際が悪いにもほどがありますぞ」

「そう言われても僕には身に覚えがないのでね」

「しらじらしい……！」

頭から湯気を出しそうな勢いの公爵を見かねて女王が厳しくたしなめた。

「いいかげんになさい、エリオット。あなたは傷心のあまり深酒をし、泥酔していた。酌量《しゃくりょう》の余地は認めますが、だからといって許されることではありません」

「母上。息子を信じてくださらないのですか？」

憤然と抗議するエリオットに女王はつらそうな顔になった。

「信じたいに決まっています。ですが……妊娠したからには事実であったと認めるしかないではありませんか」

まさか公爵たちがそのような嘘をつくとは、良くも悪くも温室育ちで純粋な女王には想像の範囲外だろう。

兄のウィルフレッド王太子は眉間にしわを寄せて黙り込んでいる。その表情から彼の考えは読み取れない。弟に呆れているのかもしれないし、公爵父娘を疑わしく思っているのかもしれなかった。

公爵は王太子を味方に引き入れてエリオットを追い詰めようとしたが、彼はどちらにも与《くみ》しなかった。ひとりくらいは中立の立場にいないと不公平だろうと言う。

エリオットとしては兄が公爵たちの主張を鵜呑《うの》みにしないだけで今は充分だ。少なくとも兄が疑わしく思っているのは弟ではなく公爵側のはず。アリシアがなりふりかまわず王族に加わりたがっていることは彼も知っている。

(ここで事実をぶちまけるか……?)

エリオットは素早く考えを巡らせた。今はまだガブリエルが犬をけしかけたかどうか明らかになっていない。まずは公爵たちの件を先に片づけておくか。

(……いや、公爵たちが失脚すれば、奴が警戒するかもしれない)

アリシアから尾行を頼まれたのが明らかになれば、彼の行動に矛盾があることが浮かび上がる。アリシアは、彼がエリオットを救ったのだと自分に都合よく思い込んでいるようだが、アルヴィンと話せば彼がその場にいなかったことはすぐにわかる。

(言い逃れの機会を与えないよう、一網打尽を狙ったほうがいいな)

自分たちの欲のために王家を食い物にしようとするこの父娘、せめて社会的に抹殺《まっさつ》しなければ気が済まない。二度と王宮に出入りできぬよう、徹底的に叩いてやる。

――そうだ、いいことを思いついた。

すっ、とエリオットは目を細めた。セラフィーナとの仲を邪魔だてし、こんな馬鹿馬鹿しい笑劇《ファルス》に自分を巻き込んだお返しに嘘を真にしてやろう。

愛情深い兄を装いながらセラフィーナを呪いの言葉でがんじがらめにして、薄暗がりに閉じ込めているガブリエル。

野望成就のためなら人を貶《おとし》める嘘をついても恥じることのない公爵とアリシア。

クッ、とエリオットが皮肉な笑いを洩らすと、扇で口許を隠して顔をそむけていたアリシアがぎくりと彼を盗み見た。

「――なるほど。それで新聞にリークしたわけですか。結婚を早めるために」

「腹が目立つようになってからでは娘が哀れですからな。上流の令嬢がふしだらにも婚前交渉を持ったと後ろ指をさされては面目が立たん」

ぬけぬけと公爵が言い放つ。

エリオットはふと不思議に思った。この男は本当に父の弟なのか？　亡くなった父は公明正大な人だった。機密書類をも閲覧《えつらん》できる権限を持ちながら、あくまで補佐に徹し、政治にあまり強くない女王を支えた。

叔父は父が抜けてぽっかり空いた穴に忍び入り、気付けば父の代理であるかのように我が物顔で居座っていた。

以前はそれなりにあったはずの親愛の情も、今や完全に消え去った。叔父も従妹も考えているのはエリオットを徹底的に利用することだけだ。

彼は『第二王子』という張りぼてに過ぎず、人格など存在しない。だからどんな卑劣なこともできるし、罪悪感を抱くこともない。

ただ利用するためだけの存在。彼らにとってエリオットはそういうモノなのだ。

理解した瞬間、彼の中にわずかながらも残っていたためらいが消えた。好ましくはないが、それでも身内なのだという薄甘い感覚は完全に蒸発した。

奴らは敵だ。

王家という大樹に巣食うシロアリ。放置すれば遠からず木は朽ち果ててしまう。

「――わかりました。そうまで言い張るなら結婚しましょう」

パッとアリシアの顔が明るくなった。公爵は満足げな笑みを浮かべ、女王もホッとした面持ちになる。

ひとりウィルフレッドだけが釈然としない表情だが、あえて口は挟まなかった。

エリオットは素早く続けた。

「ただし、ひとつだけ条件があります。これを呑んでいただけないなら結婚はしません。

どんな罰を下されようと絶対に。王族を外されても一向にかまいません」

「……条件とはなんだ？」

それまで黙っていたウィルフレッドが公爵を押さえて尋ねる。エリオットは不敵な笑みを浮かべた。

「子どもが生まれるまでは完全に別居させてもらいます」

「なんですと!?　この期に及んでまだ意地を張られるか！」

眉を吊り上げる公爵にエリオットは冷たい薄笑いを向けた。

「別に問題ないのでは？　すでに交渉は済ませたそうだし。あいにく僕には身に覚えがないけどね。ま、赤ん坊が生まれたら見に行きますよ。果たしてどんな顔をしてるやら」

唖然としていたアリシアは、にわかに青ざめると唇を震わせた。

「ひどいわ……！」

「もちろん、僕はひどい男さ。とっくに知ってると思ったけどね」

嘲るように返されてたじろいだアリシアは、ぷいっと顔をそむけた。

女王は気の毒そうに彼女を見やって嘆息した。

「――いいでしょう。子どもが生まれるまで別居することを認めます」

「陛下！」

「公爵。この結婚は双方にとって本意とは言いがたいものです。このままではいつまでたっても水かけ論が続くだけ。お互いに冷却期間を設けるのはよいことではありませんか？」

公爵は渋い顔で不承不承頷いた。エリオットは女王に向かって他人行儀に一礼した。

「それじゃ、僕はアルヴィンの屋敷に帰りますので。あとはそちらで適当に決めてください。——ああ、そうだ。結婚式を執り行うのは勝手ですが、僕は出ませんから」

唖然とする一同に皮肉な笑みを浮かべ、エリオットは女王の応接間を出た。

廊下で待っていたアルヴィンが立ち上がり、大股で進むエリオットの後に続く。

無言のまま王宮の廊下を通り抜け、待たせておいた馬車に乗り込むと待ちかねたように彼は尋ねた。

「なんの話だったんだ？」

フンとエリオットは鼻を鳴らした。

「アリシアが妊娠したんだと」

先ほどの遣り取りを伝えると、アルヴィンは呆れ果てた表情でげんなりと嘆息した。

「よくもまぁ、女王陛下の前でそんな大嘘がつけるもんだなぁ」

「母上を軽んじている証だ。奴は父上が——自分の兄が、この国の実質的な統治者だったのだと勘違いしてる」

「王配殿下が亡くなれば、弟である自分が後釜に座るのが当然だって？」

「独身だったら母上に結婚を迫っていたかもしれないな」

「まさかそこまで度外れた野心家だったとはねぇ。……しかし、妊娠が嘘だとバレたらどうするつもりなんだ？　……嘘なんだよな？」

「やめてくれよ。おまえまで疑うのか」

「冗談だよ。ただ、いくら野心家でもバレたらただではすまない嘘までつくかなぁと思ってさ」

「言い訳なんかどうとでもできる。結婚してしまえばこちらのものだと考えてるんだから。たとえば流産したとか。医者を抱き込むくらいお手のものだろう」

「ふむ……。彼らとしても計算外だったのかもしれないな。まさか殿下がこうまで頑固に拒絶するとは思わなかったんじゃないか？　何しろ殿下は我を張ることのない、いたって聞き分けのいい坊ちゃんでしたからねぇ。外面がいいというか」

ずけずけ言われてエリオットは顔をしかめた。

「別に……どうでもよかっただけさ。我を張って誰かと対立するほどの価値を感じなかったから、よきにはからってもらって一向にかまわなかった」

「じゃあ、どうして以前女王陛下からレディ・アリシアとの婚約を持ちかけられたときは断ったんだ？」

「あんな高慢ちきと一生付き合わされてたまるか。生涯の伴侶だけは自分で選ぶと以前から決めてたんだ。それさえ認めてもらえれば、後は母上や兄上の決めたとおりに従う。あくまで予備《スペア》として、国民から王家が尊敬されるよう行儀よくふるまうと、母上と兄上には成人したときにはっきり言ってある」

感心したようにアルヴィンは顎を撫でた。

「なるほど。花嫁さえ好きに選ばせてくれれば一生おとなしく猫をかぶってますと宣言したわけか」

「そんなところだ。結婚は絶対したくないが、従兄妹としてアリシアと付き合うくらいならがまんできた。だが……奴らのねじけた本性を知った今となっては排除するしかない。あの大嘘もせいぜい利用させてもらおう」

「まさか出産まで別居になるとは思わなかったんだろうな。このままじゃ妊娠していないとバレる。奴らどうするつもりかな」

皮肉っぽく含み笑いをするアルヴィンにエリオットは頷いた。

「それで思いついたんだが……」

耳打ちされて、アルヴィンは眉をひそめた。

「さすがにそれは、やりすぎじゃないか？」

「それくらい極端なことをやらないとアリシアは追い払えない。何しろ鳥黐《とりもち》なみにしつこいからな」

「しかし、子爵のほうはまだ調べがついてないぞ」

「なんとか早急に探り出してくれ。奴が犬をけしかけたのは絶対間違いない」

「わかった。しかし、レディ・アリシアのほうはどうするつもりだ？」

エリオットは少し考え、ニヤリとした。

「手を貸してくれそうな人物に心当たりがある。それと……どこかに隠れ家を用意してもらえないかな」

「ずっとうちにいてもらってもかまわないが？」

「いや、セラフィーナを匿《かくま》いたい」

「匿うって……まさか攫うつもりか!?」

微笑むエリオットを啞然と眺め、アルヴィンはがりがりと頭を搔いた。

「止めても無駄か……」

「すまん。迷惑はかけたくないが、信用できる味方はおまえだけなんだ」

「俺はお目付役なんだぞ、一応」

「脅されてやむなく従っただけだと母上には説明する」

はぁ、とアルヴィンはふたたび溜め息をついた。

「わかった、手配する。しかし誘拐に手を貸すことだけはやっぱり不本意だ。レディ・セラフィーナが家に帰りたいと言ったら帰すからな。そこだけは絶対妥協しない」

エリオットは真摯《しんし》な顔で頷いた。

「わかった。セラフィーナが厭だと言ったらすぐに家に戻す。それでいいか？」

半分諦めの境地でアルヴィンは肩をすくめたのだった。

† † †

「――バーリントンへ？」

面食らうセラフィーナに、ガブリエルは上機嫌に頷いた。

「今ならちょうど端境期《はざかいき》で空いてるから、人目を気にせずゆっくりできる」

王都の社交期《シーズン》も終わった八月末。ふたりきりの晩餐の席で突然兄から旅行に誘われ、セラフィーナはためらった。

バーリントンはイングルウッドの中西部にある有名な温泉保養地で、様々な効能のある温泉が豊富に湧き出している。療養のための設備が整った高級ホテルや別荘が立ち並び、特に秋から冬にかけては上流富裕層が訪れて社交界が形成される。王都の社交期《シーズン》は終わっているため、領地で暮らす領主貴族や大地主たちが退屈しのぎに集まってくるのだ。

今のところ貴族層は解禁されたばかりのライチョウ狩りで忙しいので、バーリントンを訪れる人は確かに少ないだろう。

「ホテルはもう予約した。きっと気に入るよ」

重ねて言われ、従順に頷いた。特に行きたくはないが、兄には従わなければ。町屋敷に残っているのは兄妹ふたりだけだった。両親は狩猟とパーティーのため、すでにヒル・アベイの領地へ戻った。何事もなければセラフィーナも同行したはずだが、両親は娘に来てほしくなさそうだった。客人に好奇の目を向けられるのが厭なのだ。

両親がいなくなって寂しいというよりホッとしている。非難と失望の目で見られないで済むと思えば気が楽だった。

このままずっと町屋敷でひっそり暮らしたかったが、兄の気遣いを無下にはできない。役立たずの自分を気にかけてくれるのは兄だけなのだから。

兄の言葉には無条件に従わなければと思う一方で、セラフィーナには王都を離れたくないという気持ちもあった。

王都にはエリオット王子がいる。彼の記憶はもはや夢のようだが、それだけに甘美な哀しみをいつまでも味わっていたいという奇妙な願望にセラフィーナは囚われていた。

ふとした拍子に彼の笑顔や声が鮮明に蘇り、涙をこぼすたびに兄は背中をさすりながら囁く。

『大丈夫。私だけは何があろうとけっしておまえを見捨てない。だからおまえは私の言うことを聞かないといけないよ。わかったね？』

そう、いつだって兄は正しい。兄の言うことを聞かなかったから自分はこんな傷を負って、価値がなくなった。それなのに見捨てないでいてくれる。

兄だけが思いやってくれる。愛してくれる。世の中から見捨てられた自分に手をさしのべてくれるのはただひとり、兄だけだ。

盲目的に兄の言葉を信じることでセラフィーナは苦しみや哀しみから逃れた。何も考えず、ただ従えばいい。すべて兄が正しく決めてくれる。

何事も従順に頷くだけになった妹にガブリエルは満足していた。

これでいい。少しばかり醜くなってしまったが、逃げ出せないよう羽を折ることができたのだからよしとしよう。

あの目障りな王子も、公爵令嬢と婚約したからにはセラフィーナのことなどすみやかに忘れるはず。

どうせ田舎育ちの純朴な令嬢が物珍しくて、ちょっかいを出してみただけなのだ。王族だから何をしても許されると思っている、鼻持ちならない奴ら。

つくづく、あの薄っぺらな王子にお仕置きをしてやれなかったのが残念だ。まさかセラフィーナが命懸けで庇うとは……。まぁ、いい。目的は達せられた。

「……怪我の功名、ってとこか」

バーリントンへ向かう馬車に揺られながら、ガブリエルは呟いた。ぼんやり外を眺めていたセラフィーナがゆらりと小首を傾げる。

「なぁに、お兄様」

「なんでもないよ」

ガブリエルは微笑み、儚い抜け殻のような妹に目を細めた。

自分に一生従わせるためなら妹の魂をこなごなに打ち砕くことも彼は意に介さなかった。セラフィーナが生まれたとき、これは自分のものだと決めたのだ。自分だけの所有物。けっして誰にも渡さない。

ふたたび無感動に窓の外を眺めるセラフィーナを、ガブリエルは満足げに眺めた。セラフィーナの隣に座ったスーザンは、反対側の窓に映る彼の横顔にひそかに眉根を寄せた。


季節外れのバーリントンは閑散《かんさん》としていた。九月に入り、初秋の雰囲気はどこか寂しさを含みながらも長閑《のどか》で落ち着いている。

ホテルの豪華な温浴室で、セラフィーナは毎日温泉に浸かった。個室なので他の客への気兼ねもいらない。スーザンに世話をまかせて湯浴みをしていると、うとうとしてしまうこともある。

傷の治癒《ちゆ》にもよいと聞くが、期待はしていなかった。消えることなど絶対にない。自分はこの醜い傷痕を一生背負っていかなければならないのだ。

ホテルには他にも何組か滞在客がいたが、散歩などで行き会ったときに会釈をするだけに留めた。保養地では社交界のマナーもさほど厳密ではなく、見知らぬ滞在客からお茶に招かれたりもしたが、対応はすべて兄に任せた。

食事は部屋に運ばせ、兄とふたりでとる。兄もまた社交を必要最小限に留め、側についていてくれた。街中の散歩に付き合い、たまには馬で遠出をする。

十月になれば貴族たちが集まり始めて一気に街は華やぐが、今来ている人たちはほとんどが純粋に療養や静養目的のようだ。

それでも両親や祖父母に付き添って若い娘たちも来ており、退屈していた彼女たちは稀に見る美男子の貴族であるガブリエルに目を輝かせ、独身と知ると親たちも巻き込んでこぞって売り込みを始めた。どこであろうと裕福な独身男性は引く手あまたなのだ。

バーリントンにやってきて半月ほどが穏やかに過ぎた。十月になって貴族層が集まり始めたら引き上げ、ヒル・アベイか王都郊外の館で両親とかち合わないようにしながらひっそり暮らすつもりでいる。

毎日温泉に浸かった効果が現れたのか、いくらか皮膚がなめらかになった気がした。

未だに傷痕を直視できなくて、スーザンが服を着付け終わるまで鏡は見ない。それでも最近は少しだけ明るい色のドレスも着るようになった。今は深い青のタフタのドレスがお気に入りだ。なんとなく、エリオットの瞳を連想させるから……。

立ち襟のものやジャケット風のデザインなら完全に傷痕は隠れるのに、それでもなかなか人前に出て行くことができなかった。

引きこもって暮らしているうちに、セラフィーナは人との交流を避けるようになっていた。たとえ傷痕が見えなくても自分の存在が人の気に障ったらと不安でならない。取り繕ったところで醜さはどこからか洩れてしまうのではないか、と。

誰かがひそひそ話しているのを見かければ、もしや自分が非難されているのではと怖くなってしまう。考えすぎだとわかっていても、足がすくみ、顔が引き攣ってしまう。

部屋に駆け戻って落ち込むセラフィーナを、ガブリエルは優しく慰めた。

『大丈夫、おまえはけっして醜くない。絶対に醜くなんかない。おまえを醜いと思う人などいるものか』

そうしてセラフィーナの無意識には逆に『醜い』という言葉が刻み込まれていく。立ち直ろうとする妹の意志、回復力の萌芽をガブリエルは抜かりなく摘み取るのだった。

九月下旬のある日、ガブリエルのもとにウィルフレッド王太子からの手紙が届いた。相談したいことがあるので至急王都に戻ってきてほしいという。

王太子の命令とあっては断れない。父伯爵にも、王太子の寵をけっして失ってはならぬときつく言い付けられている。

彼は旅行中の執事代わりとしていた自分の従者《ヴァレット》を残していこうとしたが、それでは兄が不自由するからとセラフィーナは断った。スーザンがいれば大抵は事足りる。必要ならホテルの従業員に頼めばいいのだし、出かける予定もない。

それもそうかとガブリエルは頷いた。セラフィーナは以前にも増して内向的になり、兄がいなければ外出もままならないありさまだ。

自分にべったり依存させるという思惑どおりに仕上がったことに満足したガブリエルは警戒心をゆるめ、それでもスーザンにはセラフィーナから絶対に目を離すなと厳しく命じて王都へ向かった。

そして彼が十日後に戻ってくると——。

スーザンともどもセラフィーナは姿を消していた。


ガタガタ揺れる馬車の振動で目を覚まし、セラフィーナはぼんやりと目を瞬いた。

(わたし……どうしたの……？)

部屋でお茶を飲んでいたら急に眠くなって……。それから……それから……。どうしてわたし、馬車に乗ってるのかしら……？

「——気がついた？」

男性の声にハッとして、自分がスーザンにもたれかかっていることに気付く。向かいの席で金髪の美しい紳士が悠然と脚を組んでいた。

セラフィーナは呆気に取られて彼を見つめた。

「……エリオット……殿下……？」

「うん？　やけに他人行儀だな。まぁ、怒るのも当然か……」

彼は気まずそうに独りごちた。

（どうして彼がここに？　どうしてわたし、同じ馬車に乗っているの……!?）

わけがわからずスーザンを見ると、彼女はすまなげに目を伏せた。

「申し訳ありません、お嬢様」

「ど……どういうこと……？」

混乱するセラフィーナをエリオットがなだめる。

「スーザンを責めないでやってくれ。僕が無理に頼んだんだ」

ますますわけがわからなくなって、座席に強く背を押しつけて唇を震わせていると、心配そうに王子が尋ねた。

「どうしたんだ、セラフィーナ。まさか、僕が怖いのか……？」

目を瞠り、ぶるっとかぶりを振る。それでも緊張を解こうとしないセラフィーナを、彼はやるせなさそうに見つめた。

「僕はただ……もう一度きみに会いたかった。でもきみは違うのか……？」

「お嬢様。殿下はお嬢様のことを、ずっと心配なさってたんですよ」

スーザンが励ますようにセラフィーナの手を握る。

「でも……でも……お兄様に約束したのよ……お帰りをお待ちしますって……」

エリオットはムッとした顔になり、刺々しく吐き捨てた。

「あんな奴、気にするな。奴はきみを監禁してたんだぞ。自分の言いなりにするために、ひどい言葉を吹き込んで――」

セラフィーナが青ざめて震え出すと、エリオットは後悔したような吐息を洩らした。

「すまない。約束する、きみに危害は加えない。絶対に。だから……僕と一緒に来てくれないか？」

「……どこへ……？」

おずおずと尋ねると彼はなだめるように微笑んだ。

「きみが自由でいられる場所だよ。気に入らなければいつでも出て行ってかまわない。きちんとご実家まで送り届けるから安心してくれ。町屋敷でも、郊外の館でも、ヒル・アベイの荘園屋敷《マナーハウス》でも。どこがいい？」

「……ヒル・アベイ」

「わかった。用意した家が気に入らなければ、すぐにヒル・アベイへ送り届けよう」

真摯な声音にこくりと頷くと、ようやくエリオットの顔に安堵が浮かんだ。

これは現実？　今まで一度も見舞いにすら来なかったエリオットが自分を攫うなんて、そんなのとても現実とは思えない。あまりにとまどいが大きすぎて、心が麻痺したかのように再会の喜びが感じられなかった。

(夢を見ているの……？)

思わずスーザンの手をぎゅっと握りしめると、彼女は励ますように微笑んでそっと手を握り返した。

馬車の外はもう真っ暗だった。気を失ったのは午後のお茶の時間だったから、少なくとも四、五時間は眠っていたらしい。

さらに三時間ほど経って馬車が止まった。うとうとしていたセラフィーナは、ガタンと馬車が揺れて目を覚ました。スーザンもうたた寝をしていたようで、そわそわと辺りを見回している。

「着いたよ」

穏やかな声に目を瞬く。やっぱり夢じゃないみたい。夢の中で眠って、また夢の中で目覚めるなんてことがない限りは――。

降りるのを手伝ってくれたエリオットの手はあたたかく、しっかりとした感触だった。またひとつ、これが現実だと思える材料が増えた。

馬車が横付けされていたのは森の中の一軒家だった。場所はまったく見当もつかない。梟がどこかでホゥホゥと鳴いた。

どこにいるかもわからないのに不思議と怖くなかった。目の前に佇む館の窓にはあたたかな灯りが燈《とも》っている。ふと、どこからか遠く潮騒が聞こえた気がした。

「足元に気をつけて」

頷きながら手を引かれて歩き出したとたん、敷石か何かに躓いてしまう。エリオットは躊躇なくセラフィーナを抱き上げた。

驚きに目を瞠ると、彼はにっこりして玄関へ向かった。そこには執事らしい初老の男性がランプを持って待っており、深々と一礼した。

中に入ると今度は中年の女性がうやうやしくお辞儀をした。家政婦のようだ。

「お部屋のご用意はできています」

彼女の言葉に頷き、エリオットはセラフィーナに微笑みかけた。

「もう遅いから話は明日ゆっくりしよう。今日は休むといい」

家政婦の案内に従って階段を上る。ふと踊り場で足を止めて振り向くと、見上げたエリオットが安心させるように微笑んだ。その優しいまなざしにどくんと鼓動が跳ねる。

いつか、こんなふうに彼の笑顔を見下ろしたことがあったような……？

急激に現実感が戻ってくる。

あれはそう、王都近郊の屋敷での舞踏会だったわ。社交界デビューの練習をしていた頃よ。こっそり忍び込んだ彼と窓越しに話をしたの。

彼はわたしを褒めてくれた。とても綺麗だと、称賛してくれた……。

胸が締めつけられる。あのときのわたしはもうどこにもいないのに、あのときと同じ彼がそこにいる。

「エ……リオ……ッ……ット……」

切れ切れに呟くと、熱いものが込み上げてきた。

「エリオット……！」

無我夢中で階段を駆け下りると、慌てて彼は下り口に走り寄った。その胸に飛び込むように抱きついて泣きじゃくる。

「エリオット、エリオット」

ただ名前を呼ぶことしかできない。

「どうしたんだ、セラフィーナ」

無言で激しくかぶりを振る。思い出が怒濤のように蘇ってきて、息が苦しくなった。

ヒル・アベイの小川のほとり。流れ着いた白いボートの中で眠っていたエリオット。

照れたように笑う彼。馬に乗って訪ねてきた彼。一緒に乗って川沿いを歩いたわ。ボートの中でお茶を飲んで、笑い合って――。

きらめく夏の日々が鮮明に蘇る。

きっとまた会えると約束してキスをした。わたしの王子様は本物の王子様だったから、ふさわしい淑女《レディ》になろうと懸命に努力した。

夜会の庭に忍び込んだ彼と窓から身を乗り出して話したわ。それから、それから……。

ああ、バルバラ公園で会ったのよ。結婚の許可が下りたと教えてくれた。嬉しくて、幸せで、舞い上がりそうだった。だけど——。

大きな犬が。真っ黒な、大きな犬が、彼を襲ってた。助けようと無我夢中で、持っていた手提袋《レティキュール》で何度も犬を叩いた。

そうしたら、犬が、犬が——。

肩が痛い。焼き鏝を押し当てられたみたいに、肩が。肩が。肩が。

血に塗れた鋭い牙。痛い。怖い。怖い。痛い。

あのときの恐怖がフラッシュバックしてセラフィーナは悲鳴を上げた。

「犬が、犬が……っ！」

「落ち着いて、犬はもういないよ」

彼がセラフィーナを抱きしめ、懸命になだめる。

「エリオット、エリオット、大丈夫なの……？　あなたは無事なの……!?」

「ああ、平気だよ。僕はなんともない。きみが庇ってくれたからね」

「……よかった」

ホッとすると同時に身体からがくんと力が抜けた。くずおれそうになるセラフィーナの身体を慌ててエリオットが支える。

「セラフィーナ！」

しっかりするんだと励ます声が遠くなってもセラフィーナは安堵していた。

彼に怪我がなくてよかった。本当によかったわ……。

ふわりと身体が宙に浮く感覚とともに、意識が途切れた。

第五章　残酷な愛

　気付け薬のツンとする臭いに顔をしかめる。ぶるっと頭を振ると、緊張したエリオットの声が聞こえた。

「大丈夫かい？　気分はどう……？」

　気がつけばセラフィーナは長椅子に横たわり、床に跪いたエリオットが真剣な表情で顔を覗き込んでいた。

「落ち着いて。何も心配することはないからね」

　しっかりと手を握られて頷く。長椅子は薪《まき》が盛んに燃える暖炉の前に置かれていた。彼は振り向き、控えていた家政婦に指示した。

「温めたミルクを持ってきてくれ。ブランデーを少し垂らして。それから風呂の用意を」

「かしこまりました」

　家政婦はきびきびと一礼して出て行った。着替えを出すようエリオットに言われ、スーザンが部屋に持ち込まれたいくつものトランクを開け始める。馬車の屋根に積まれていたようだ。彼女がエリオットに協力していたのは間違いない。

「手が冷たい。馬車の中が寒かったんだな。すまない」

かいがいしく手をさすりながらエリオットが詫びる。セラフィーナは微笑んでかぶりを振った。

「さっき倒れたせいよ」

家政婦が温めたミルクを運んできて、セラフィーナはエリオットの手を借りて身を起こした。カシミアのショールを巻きつけ、クッションにもたれてほんのりとブランデーが香るミルクを少しずつ飲んだ。家政婦は湯殿を整えますと言って出て行った。

ミルクを飲み終わるとエリオットはセラフィーナを抱き寄せ、優しく背中をさすった。

「寒くない？　もう少し薪を足そうか」

「そうね……」

十月に入ると夜は火の気が欲しくなる。ここがどこなのかわからないが、バーリントンよりも少し寒いようだ。エリオットは暖炉の脇に置かれた真鍮《しんちゅう》のバスケットから薪を暖炉に放り込み、火掻き棒で調整するとふたたび隣に座った。

肩を抱かれ、彼にもたれかかる。パチパチと薪の爆《は》ぜる音の他に聞こえるのは、遠慮がちにスーザンが荷物を整理する物音だけだ。

「……ここはどこ？」

「ずっと北のほうだよ」

そう、とセラフィーナは頷いた。具体的にどこなのかはどうでもよかった。エリオットと一緒にいられるならどこだろうとかまわない。

「これは夢じゃないのよね……？」

「もちろん現実だよ」

彼はセラフィーナの額にそっとキスを落とした。確かめるように彼の身体に腕を回して抱きついた。しっかりとした手応えと体温が、これは現実だと教えてくれる。

やがて家政婦が風呂の用意が整ったと呼びにきた。ゆっくり温まっておいでとエリオットに優しく促され、スーザンを連れて家政婦の後に従う。

浴室は小部屋に琺瑯の浴槽を置いたもので、たっぷりと湯が張られていた。温度調節用に熱湯と水の入った水差しも置かれている。

スーザンの介添えで服を脱ぎ、湯に浸かる。バーリントンで一月ばかり毎日温泉に浸かっていたので、湯に身体を沈めるとホッとした。

ゆったりとくつろぐうちに気分が落ち着いてくると、今度は心配が頭をもたげた。

(お兄様、きっと心配してるわ)

スーザンが書き置きなど残したとは思えない。咎める気はないけれど、きちんと事情は聞いておかないと。

（エリオットはわたしを見捨てたわけじゃなかったのね）

見舞いに来なかったのは事情があったのだ。結局はこうして会いに来てくれたのだから。

（会いに来たというより、攫われた……みたいな？）

顔を赤らめ、顎まで湯に浸かる。以前、夢中になって読みふけった恋愛小説《ロマンス》みたいだ。

やっぱり夢を見ているのかも……と頬をつねってみて苦笑した。

（お兄様は誤解してるんだわ。エリオットは以前と変わらずわたしを愛してる。そうでなければ攫ったりするはずが――）

ふと、何かが心に爪を立てた。どくんと不吉に鼓動が跳ねる。何か思い出したくないことが、暗い水底から浮かび上がってくる。

いや。やめて。思い出したくない。思い出したくないの……！

一度浮上を始めた記憶を留めることはできなかった。白黒の文字がぐるぐると渦を巻き、記憶に焼きついたひとつの新聞記事となる。

『エリオット王子、ご婚約』

見たくないのに。知りたくないのに。思い出したくなかったのに――。

両手で顔を覆ってすすり泣く。

エリオットは婚約したのだ。

わたしではない女性と。

夜着の上からショールを巻きつけて部屋に戻ると、暖炉の前でエリオットが微笑んだ。セラフィーナが湯を使っている間に彼も身繕いを済ませたようで、くつろいだドレッシングガウン姿だ。

「……今日はもう下がっていいわ」

背後に控えるスーザンに、呟くような声で告げる。彼女は心配そうな目を向けたが、黙って膝を折って立ち去った。

ドアを閉め、そのまま立ちすくんでいるとエリオットが気づかわしげに尋ねた。

「どうした？　せっかく温まったのに冷えてしまうじゃないか」

「……何故こんなことをしたの？」

「え、何」

「どうしてわたしをここへ連れてきたの？」

「決まってるじゃないか。約束を果たすためだ。僕はきみと結婚――」

「別の人と婚約したのに!?」

語気を荒らげると、彼は押し黙り、溜め息をついて髪を掻き回した。

「ともかくこっちへ来てくれないか。本当に、そこにいたら冷えるから」

立ち上がって長椅子を示され、ためらいながら端に腰を下ろす。エリオットもまた反対側の端に座り、しばし黙り込むと重い口調で話し始めた。

「最初に言っておくけど、僕が愛しているのはセラフィーナ、きみだけだ」

「……ロックハート公爵令嬢と婚約したと新聞で読んだわ」

「やむを得ない事情でね。公表される前に解消するつもりだったのに、公爵が勝手に洩らしてしまった」

「解消なんてできるわけないでしょう……!?」

うちひしがれてセラフィーナは両手に顔を埋めた。娘が王子妃になれる機会を、父親が逃すはずがない。令嬢本人だって絶対に引かないだろう。

それに、記事によればレディ・アリシアはエリオットの従妹で女王のお気に入りだ。

「――だったら消してしまおう」

あっけらかんとした口調に驚いて顔を上げると、エリオットは無邪気な笑みを浮かべていた。

「何があろうと破談にするけど、そんなに気になるならすぐにでも消すよ。ア、ア、アリシアを」

「な……何を言ってるの……!?」

「彼女が死ねば自動的に婚約解消だ。……うん、それが一番簡単だな。後腐れもない」

唖然としてセラフィーナはエリオットを見つめた。彼は悪びれもせずニコニコしている。

「ど……どうしたの、エリオット。そんなこと言い出すなんて、変よ……？」

「あの女には、ほとほとうんざりさせられてるんだ。王族に加わりたい一心で、どんな恥知らずなことでも平気でする奴らなんだよ。父娘ともども僕を舐めきってる。前々から目障りだったことだし、ここらでけりをつけるのも悪くないよね」

「じょ、冗談でしょう……？」

青ざめるセラフィーナの手を摑み、彼は微笑んだ。

「もちろん本気だよ。きみとの結婚を邪魔するものは排除する。ただそれだけのことだ」

セラフィーナの手を自分の頰に押し当て、うっとりと微笑を浮かべながらきっぱり言いきる彼に絶句する。

（いったいどうしちゃったの……!?）

彼はこんな極端なことを口にする人だった？　思いやり深く、争いごとを好まない人だと思っていたのに……。

エリオットはセラフィーナの手にチュッとキスをして平然と笑った。

「心配はいらない。害虫どもはすぐに片づけるから」

「害虫!?　――待ってエリオット。そんなのいけないわ！」

「きみを厭な気分にさせるものを放置するわけにはいかないよ」

言いきられ、ふたたび言葉を失う。

本当に彼はセラフィーナの恋したエリオットなのだろうか？　遠回りをしても無用な衝突を避ける慎重な人だと思っていた。きっと……そうだったはず。少なくとも、あのときまでは――。

セラフィーナは愕然《がくぜん》とした。

(わたしの……せいで……？)

傷ついたのは自分だけだと思っていた。それでよかった。彼が無事だったなら。だけど、もしかしたらエリオットもまた深い傷を負ったのだとしたら――。

目には見えない傷を負い、彼もまた変わってしまったのでは……？

生涯消えない傷痕に絶望したセラフィーナが薄暗がりに逃げ込んだように。いや、それ以上に彼は絶望したのかもしれない。自分を庇ったせいでセラフィーナが傷ついたのだと。

本当に、彼はわたしのことを愛していたから――。

呆然とするセラフィーナの頬に涙が伝う。慌ててエリオットは涙をぬぐった。

「泣かないでくれ。アリシアとの婚約は今すぐ解消するよ。大丈夫、手はあるんだ」

「だめっ……！　だめよ、そんなことしてはだめ……！　ひ、人殺しなんか、絶対にいけないわ……！」

呆気に取られたエリオットは、ふと苦笑するとセラフィーナをそっと抱きしめた。

「わかったよ。アリシアは生かしておこう」

「約束よ……？」

「ああ、きみとの約束は必ず守る」

優しく額にくちづけ、彼は囁いた。

「時間はかかっても必ず婚約を解消する。そうしたら僕と結婚してくれるね？」

息を詰め、身体をこわばらせると彼は不審げに顔を覗き込んだ。

「どうして黙ってるんだ？」

「……無理よ。あなたとは結婚できない」

「どうして!?　僕を愛してないのか!?」

悲痛な叫びにゆるゆるとかぶりを振る。

「違うわ。ただ……わたしはもうあなたにはふさわしくないから」

「……傷のことを言ってるのか」

低く問われ、黙って顔をそむける。エリオットは苛立たしげに吐き捨てた。

「傷がなんだ。僕を庇ってついた傷だぞ？　それを厭《いと》うような男だと思っているなら
――」

「知らないからそんなこと言うのよ！」

カッとなってセラフィーナはショールを撥ね除け、夜着の襟元を締めていたリボンを荒々しく解いた。

「その目で見るがいいわ……！」

襟元を大きく開け、左袖をぐいと引っ張る。肩から二の腕まであらわになった。彼がハッと息を呑むと同時にセラフィーナは顔をそむけ、きつく唇を噛みしめた。

強い視線を感じた。食い入るような視線。痛みの幻覚さえ引き起こしそうな強烈な視線を。彼は黙ったまま、まじろぎもせず傷痕を凝視している。

「……これを醜いと言ったのか」

「えっ……？」

「ガブリエルだ。奴はこの傷痕を醜いと言ったんだろう？」

「それは……。だって本当に、そうだから……」

エリオットは憤怒の形相で呟いた。

「――許さない。そんなことを言うなんて、僕は絶対に奴を許さないぞ……！」

彼は震える指先でそっと傷痕に触れ、ハッとしたように手を引っ込めた。

「ご、ごめん……」

「もう痛みはないの。傷口もふさがったし。ただ、痕は一生残るから……襟の開いたドレスはもう着られない」

「それは……大変な痛手だろうけど、僕はそんなの気にしないよ」

セラフィーナは激しくかぶりを振った。

「そういう問題じゃないのよ！　わかるでしょう？　王族であるあなたはいろいろな行事で人前に出なければならないわ。晩餐会や舞踏会も頻繁にある。夜の社交では当然、襟元が肩まで開いたドレスを着るのがマナーよ。貴婦人はみんなダイヤモンドや真珠を身につけてデコルテの美しさを競う。わたしの母のように……。だけど、もうわたしはそういうドレスを着られない。傷痕を曝すのも、じろじろ見られるのもごめんだわ。でも夜会服を着ないでそういう場に出ることはできない」

「だったら出なければいいじゃないか。もちろん僕も出ない。くだらない社交に時間を費やすより、きみと一緒に過ごすほうがずっといい」

セラフィーナは溜め息をついた。

「そういうわけにはいかないの……。あなたが人前に出なくなれば人々はわたしを非難する。あなたがひとりで人前に出ても同じよ」

「そんなことさせるものか！」

憤然とする彼に、セラフィーナは弱々しい笑みを浮かべた。

「わたしには王族として求められることを全うできない。王族であるあなたは、そんな女と結婚すべきじゃないわ……」

血を吐くような思いで漸《ようよ》う口にする。エリオットは信じられないものでも見るようにセラフィーナを見つめた。

「きみが僕にふさわしくないだって？　何を言うんだ。きみほどふさわしい相手はいない。僕を庇って猛犬に立ち向かうほど勇敢な女性だぞ。きみは称賛されるべきであって、非難するなどもってのほかだ。そんなこと絶対にさせない。きみを悪く言う輩が群がる社交界なんか、おぞましい蛆虫《うじむし》の巣だ。こっちから願い下げだね。すっぱり縁を切ってやる」

「そうじゃない……そうじゃないのよ……」

力なく首を振るセラフィーナに、彼は舌鋒鋭く言いきった。

「きみの言ってることは言い訳にしか聞こえないよ。僕のためだと言いながら、本当はきみ自身が人前に出たくないという、ただそれだけなんじゃないか？」

虚を衝かれて目を見開く。じわじわと怒りが込み上げ、セラフィーナは叫んだ。

「そうよ！　わたしはもう死んだも同然なの！　わたしは……ずっと自分に自信がなかった。美しくて遠い母に憧れてた。社交界デビューの準備をするようになって、初めて母に褒められたの。わたしのデコルテはすごく綺麗だって。どこの令嬢にも負けないって」

絶句するエリオットから、自分の左肩に視線を移す。

「美しい肩のラインこそ美人の証だと母は言ったわ。とっても嬉しかった……。だって、ねぇ、エリオット。あなたはとても綺麗な人だから……あなたの隣に立つには特別な美人でなければいけないでしょう……？」

「セラフィーナ……」

愕然とするエリオットに、ゆがんだ泣き笑いを向ける。

「あなただってわたしのドレス姿を褒めてくれたじゃない。すごく自信がついたわ。きっと大丈夫だって。誰もが認めてくれるはずだって。わたしは……エリオット王子にふさわしい淑女《レディ》だと」

「そうだよ、そのとおりだ」

肩を抱こうとする彼の手をセラフィーナは振り払った。

「違うの！　わたしはもう美しくない！　手に入れたはずの美しさは、あっという間に失われた。お母様は言ったわ、『あなたにはがっかりした』って。わたしにはもうなんの価値もない。お兄様に言われるまでもないわ。誰に言われなくてもわかってる。自分が醜いということは、このわたしが一番よく知ってるの。……そうよ、わたしは醜い。醜いわたしは絶対に、絶対に……あなたにはふさわしくないのよ……！」

感情の迸《ほとばし》るまま一気に吐き出し、息を切らせる。彼は呆然と目を瞠っていた。セラフィーナはのろのろと夜着の襟元を直し、ショールを羽織った。

ようやく理解した。エリオットにふさわしくないと思っているのは他の誰でもなく、自分自身なのだと。

「……後悔……してるんだね……？」

かすれた呟きにセラフィーナは首を振った。

「してないわ。本当に、してないの。もう一度だって、きっと同じことをする。あなたのためなら……死ねるわ。あなたはわたしにとって、本当に大切な人だから。――たぶん、わたしはあのとき死ぬべきだったのね」

「僕を置いて？　そんなのただの自己満足だ」

「……っ」

　彼はセラフィーナの手首を摑んでぐいと引き寄せた。蒼い瞳が怒りに燃えている。

「勝手すぎるよ。きみの存在を僕に刻み込んでおきながら、僕のためと言い張って身を引こうとする。あまりに勝手じゃないか。きみが自分をどれだけ醜いと思い込もうが、僕にとっては誰より美しい人だ。なのに僕がそう感じることさえ、許さないと言うのか？」

「……あなたの言葉はもちろん嬉しいわ」

「でもきみは認めないんだろう。ただのお世辞と思ってる」

「そんなこと――」

「じゃあ嘘か。優しい嘘だと決め付けるんだな」

　セラフィーナは黙り込んだ。エリオットの言うとおりだ。頑なに自分は醜いと思い込んでいるセラフィーナには、彼がどんなに言葉を尽くそうとも思いやりから出た優しい嘘にしか響かない。

「きみは僕を信じないんだな……」

「あなたの言葉はとても嬉しいわ」

セラフィーナは繰り返した。他にどう言えばいいのかわからない。嬉しいのは本当だ。でも、受け入れられない。どうしても。

自分自身で認められないから、誰の言葉にも真実味を感じられない。醜いという言葉は乾いた砂に水がしみ込むように吸収したのに。

自分自身の思い込みと兄の暗示の相乗効果で、セラフィーナの中には『自分は醜い』という固い氷のような信念が根付いてしまった。どうやったらそれが解けるのか、自分でもわからない。いつか時が解決してくれるのを待つしかないのかもしれなかった。

「エリオット。あなたが今でも変わらずにわたしを愛してくれるのは本当に嬉しい。わたしもあなたを愛してる。だから幸せになってほしいの。あなたは太陽みたいな人、陰に隠れていてはいけないわ」

「……きみは残酷だよ、セラフィーナ」

呻くように呟く彼を、痛ましげに見つめる。

「ごめんなさい……。わたし、やっぱり帰ります。悲しいことだけど、わたしたちはあのとき終わったのよ。これからは別々の道を歩むべきだと思う」

「それ、本気で言ってる？」

「ええ」

彼は摑んでいたセラフィーナの手首をふいに放した。目からすっと光が消え、投げやりに彼は呟いた。

「止めはしないよ。きみに無理強いはしないと決めてるからね。好きにするといい」

「ありが――」

「ただし、僕も好きにさせてもらう」

「え……？」

光の消えた彼の目に異質な妖しい輝きが生まれる。それは遥か遠い北の国で長い冬の暗夜を彩るという、ゆらめく天空の光を思わせた。

彼は猛獣が喉を鳴らすかのように低く笑った。

「きみがいなくては、この世に生きる価値などない。だから死ぬことにする」

「な……何を言うの……？」

「どうでもいいだろ。きみは僕を見捨てたんだから」

「見捨てたわけじゃ――」

「僕たちはあのとき終わったときみは言った。僕は、あのとき自分が犬に嚙まれればよかったとずっと思ってたんだ。そう……いっそ死んでしまえばよかった。そうしたら僕は、きみの中で永遠の存在になれたし、きみが自分は醜いなんて思い込むこともなかったはずだ」

「待って、エリオット――」

「僕は何よりそれがつらい。きみが自分自身を醜いと思い込んで、囚われてしまっていることが歯がゆくてならないんだよ……！」

ふ、と彼はいびつな笑みを浮かべた。

「……そんなことを言うのは自分勝手というものだね。傷ついたのはきみであって僕じゃない。だから僕が死ねばバランスが取れるというものだ」

飄々《ひょうひょう》とうそぶく彼を、唖然とセラフィーナは見つめた。彼はむしろ楽しげにさえ見える。そう、まるでいいことを思いついてはしゃいでいる幼子みたいに。

「……冗談でしょう？」

「もちろん本気さ。僕たちは終わったんだから、お互い好きなようにしようじゃないか。気にすることはないよ。僕はただ、したいようにするだけだ。きみもきみの好きなようにするといい。僕は止めない。きみも止めないでくれ」

「そんなのだめよ！」

悲鳴のように叫ぶとエリオットはますますへそを曲げた子どものような顔になった。

「僕を見捨てたきみに止める権利はない」

「見捨てたなんて……そんな言い方……」

「だってそうじゃないか。僕は今でも変わらず、いや、前よりずっときみのことが好きなのに、きみが自分自身を嫌いになったというわけのわからない理由で捨てられたんだ」

「ちがっ……違うわ……！」

セラフィーナは焦って彼ににじり寄り、その手を取った。

「そうじゃないの、エリオット。お願い、わかって」

「わからないね。僕にわかるのは、きみが屁理屈をこねて離れようとしているってことだけだ。どうしたって納得がいかない」

「だからって自殺すると脅すの!?　そんなの卑怯よ」

「卑怯なのはどっちだい」

じっと見つめられて言葉を失う。

彼が怒るのは当然だ。自分勝手だという自覚はあった。だけど彼は誤解している。醜い自分が許せないのは美に対する執着ばかりではない。

確かに執着はあった。ずっと欲しかった、認められたかった『美しい自分』をやっと手に入れたと思ったとたん、永遠に失ったのだ。

だが、それを嘆く以上に悲しいのは、エリオットの隣に立てないこと――。

醜くなった自分をセラフィーナは恥じていた。男女の違いを超えてエリオットは完璧に美しい人だから。

彼の愛を、彼の言葉を、信じられないわけじゃない。『傷物』になった自分、『役立たず』の自分が恥ずかしくて、どうしても彼の愛に甘えられないのだ。

エリオットには理解できないだろう。常軌を逸した拘《こだわ》りとしか思えないそれが、己を保つためにセラフィーナがしがみついているなけなしの矜持《プライド》なのだということを。

「……馬鹿なことを言わないで。あなたはこの国の王子なのよ」

哀しみを堪えて懸命に諭したが、彼は皮肉っぽく唇をゆがめただけだった。

「きみは『ただのエリオット』を好きになってくれたんだと思ってたよ」

「そうよ！　だけどもうそんなおままごとみたいなことは言ってられないの。お願いだからわかって」

「わからないし、わかりたくもないね」

彼は頑固に首を振り、人が変わったような冷笑を浮かべた。

「僕はきみの前でだけは『ただのエリオット』でいたかった。あくまで予備《スペア》として兄より目立たぬよう気を配り、王族にふさわしい行動を期待する周囲に合わせて文句も言わず、いつも愛想よくしてた。だけど、きみの前でだけは『ただのエリオット』でいられたんだ。そういう人を、僕はずっと探してた。やっとその人にめぐり会えたのに。その人もまた僕を愛してくれるという僥倖《ぎょうこう》を得たのに――。その人自身に拒絶されたら、どうやって生きていけばいい？　無理だよ、そんなの。僕はきみへの愛に殉《じゅん》じたい。きみとの思い出に生きるしかないのなら死んだほうがましだ」

そう言ってふらりと彼は立ち上がった。

「どこへ行くの」

「……書斎の抽斗に拳銃がある。それで頭をぶち抜くんだ。そうすれば確実に死ねる」

「やめてっ」

必死になってセラフィーナは彼にしがみついた。

「だめよ！　そんなことさせないわ、絶対……！」

「きみは僕を置いて出て行くんだ。止める権利はない」

「行かないわ！　あなたを置いて出て行ったりしない！　ずっと側にいるわ。どこへも行かない。だからお願い、死ぬなんて言わないで……！」

棒のように突っ立ったままのエリオットを力一杯抱きしめる。

「わたし、あなたを助けたかったのよ？　ただ助けたくて無我夢中だった。あなたが無傷で、生きててくれて、どんなに嬉しかったか……。本当によかったってホッとしたわ。なのに死ぬなんて……そんなこと言わないでよ……！」

彼の手がそっと背中に触れる。苦悶《くもん》に満ちた声音で、彼は歯軋《はぎし》りするように呟いた。

「きみを傷つけたことを、僕は許せない。きみが受けた傷は本来僕が負うべき傷なんだ。それを見て見ぬふりをして、幸せになれと言うのか？　あんまりだよ、セラフィーナ。きみは……残酷だ……」

彼の目から涙がこぼれる。

「ごめんなさい……！　ごめんなさい、そんなつもりじゃなかったの。わたしはただ、あなたに幸せになってほしくて……わたしじゃあなたを幸せにできないって思ったの……」

「きみなしでどうやったら幸せになれる？　無茶を言わないでくれ」

セラフィーナは彼の涙をぬぐいながら無我夢中で唇を押し当てた。

「……わかったわ。あなたが望むなら側にいる。ずっと一緒にいるわ」

「本当に？」

「本当よ。誓うわ。あなたが望む限りずっと側にいるって」

彼の顔に、はにかむような笑みが広がる。

「僕が望むのはきみと生涯を共にすることだけだ。きみに側にいてほしい。これからもずっと、永遠に」

セラフィーナは頷き、爪先立ちになってふたたび彼にキスをした。

「側にいるわ」

囁くといきなり抱き上げられ、どさりとベッドに下ろされる。

「エ、エリオット……？」

「証明してくれ」

「え……？」

「何があっても僕から離れないと。ずっと側にいるというきみの言葉が嘘ではないと、証明してくれ」

彼の意図を理解し、セラフィーナの頬にカーッと血が上った。

「だ、だめよ、そんなこと。そういうことは結婚してからするものだわ」

「待てない。アリシアを殺しちゃだめだと言ったのはきみじゃないか。彼女を生かしたまま婚約破棄するには時間がかかる。そんなに待てるわけがないだろう!?」

「で、でも」

真剣すぎる目つきにセラフィーナは焦った。

「それに、僕をなだめておいてこっそり逃げ出すつもりかもしれないしね」

「そんなことしないわよ！」

「僕は本気だからね。ただの脅し文句だと思ったら大間違いだ。きみに見捨てられたら僕は死ぬ。きみのいない世界に生きる意味などない」

こくりとセラフィーナは喉を震わせた。恐ろしさと同時に甘美な陶酔《とうすい》が湧き上がる。

誰より愛する人に、これほど求められている。こんな嬉しいことがあるだろうか。

しかし上流貴族の令嬢として生まれ育ったセラフィーナには、結婚するまでは純潔でなければならないという強い思い込みがあった。ふしだらなふるまいは絶対に許されない。

だが、彼を拒絶することにはためらいを覚えた。今の彼はまるで崖っぷちで立ち往生している子ウサギのよう。しっかり捕まえておかないとすぐにも転落してしまう。

——何をためらうの？

心の奥で囁く声がした。

——どうせまともな結婚なんてできやしないのに。薄暗がりで一生過ごせるならまだましよ。ずっと彼だけを想っていられる。でも……両親に誰かとの結婚を命じられたらどうするの？

両親にとって娘はエインズリー家を繁栄させ、王国内での地位を高めるための駒でしかない。大幅に『価値』が下がったとはいえ、うまい使い道が見つかれば有無を言わさず嫁がせるだろう。

今のセラフィーナは無為に財産を食い潰しているだけだ。少しでも有効活用をと、いずれ考え始めるのは目に見えている。

（それくらいなら——）

彼と結婚できても、できなくても。どんな形であれ愛する人と結ばれたいと願って何が悪いの……？

エリオットが身をかがめ、そっと唇を重ねる。

「きみの魅力は微塵も損なわれてなどいない。信じてくれないかもしれないが……僕は前よりずっときみが好きなんだ。今のきみは以前よりもずっとずっと美しいと本気で思ってる。唯一無二の、かけがえのない存在なんだ。きみと離れて初めてわかった。僕は……きみがいなければ生きていけない、魂の欠落を抱えた人間なんだよ」

彼は妖しい輝きを目に溜めて囁いた。

「信じなくてもいい。だけど僕が本気でそう考えていることだけはわかってほしい。脅してるわけじゃなく、単に事実を述べているだけなんだ。きみを失ったら僕は死ぬ。羽をもがれた鳥は墜落するしかないだろう？　そういうことなんだよ。きみは僕の生殺与奪の権を握ってる、残酷な女神。僕はただきみの前にひれ伏して慈悲を請う以外にない」

セラフィーナは絶句した。その言葉が誇張でないことを、彼の目の異様な光が物語っている。

エリオットは間違いなく、どこか根源的な部分で壊れてしまった。あの黒犬はセラフィーナの肩を噛み裂いただけではなく、彼の魂をもずたずたにしたのだ。

彼の頬にそっと手を伸ばしてセラフィーナは囁いた。

「……いいわ。嘘じゃないと証明する。あなたが望む限り側にいるわ」

エリオットはむしゃぶりつくようにセラフィーナを抱きしめ、狂おしげなくちづけを繰り返しながら夜着の胸元を開いた。慌ててその手を摑む。

「ま、待って。灯りを……消してほしいの」

彼はせつなげにセラフィーナを見つめ、溜め息まじりに頷いた。

「わかったよ」

部屋中の蠟燭やランプを消して戻ってくると彼は傍らに身を横たえて囁いた。

「これでいい？」

残った光源は暖炉だけだ。パチパチと薪が爆ぜる小さな音と昏い赤のゆらめきで、エリオットの顔は半分陰に沈んでいる。頷くと彼はセラフィーナに覆い被さり、唇をふさいだ。ついばむようなくちづけを繰り返しながら夜着の襟をゆるめ、首筋に舌を這わせる。

「んっ……」

くすぐったさと不穏な戦慄を同時に感じてぞくりとする。彼の手が傷痕に触れ、セラフィーナはびくっと肩をすくめた。

なだめるように彼がそっと手を滑らせると、羽毛で撫でられるみたいな感触で下腹部が疼いた。

エリオットはセラフィーナの肩口に愛おしげなキスを繰り返した。そうすることで赦《ゆる》しを請うように。必死に傷を癒やそうとするかのように。

彼の懸命さが伝わって、セラフィーナは彼の背におずおずと腕を回した。

「いいの。それは、もう」

彼のために負った傷。後悔はしていない。一度も後悔したことなどない。

彼は頭をもたげ、真正面からじっとセラフィーナを見つめた。暖炉の火が彼の顔に謎めいた翳《かげ》を落とし、笑いとも泣き顔ともつかぬ表情を昏く浮かび上がらせる。

瞳にちらちらと瞬く光のせいか、何やら淫靡《いんび》で魔的なものを宿しているかのような妖美さが漂う。

彼は身を起こすとドレッシングガウンとシャツを脱ぎ捨てた。引き締まったしなやかな肉体があらわになり、思わず頬を染める。

彼はセラフィーナの夜着も引き抜いて床に放った。反射的に胸を隠そうとすると、腕を摑んでシーツに押しつけられてしまう。セラフィーナは顔をそむけ、ぎゅっと目を閉じた。

胸の頂を刺激されてハッと目を開けるとエリオットが乳首に吸いついていた。

「や、だめ……っ」

抗おうとしても手首を押さえつけられていて動けない。荒くなった呼吸で弾む胸の突端を口に含み、限界までじゅうっと強く吸っては放すことを繰り返した。すっかり硬くなった乳首は赤味を増し、唾液で濡れそぼってツンとそばだっている。

両方がぷっくりと尖っても彼は執拗に乳首を舐めしゃぶった。薔薇の花びらのようにやわらかな乳輪ごと口に含み、舌で弄びながら強く吸ったり軽く歯を立てたりする。

下腹部の疼痛がどんどん強まるのを感じ、羞恥で睫毛《まつげ》が重く湿った。

知らぬ間にセラフィーナは甘い喘ぎを洩らし始めていた。ようやく気が済んだのかエリオットは身を起こし、唾液で濡れた唇をぬぐって目を細めた。

「……綺麗だよ。胸に小さな薔薇がふたつ花開いたみたいだ」

甘やかすように囁かれ、頬が熱くなる。恥ずかしくて顔を合わせられないけれど、称賛されれば歓喜が湧き上がり、ぞくぞくと痺れるように身体がわななかいた。

彼は忍び笑いをするとふたたび屈み込み、掌で乳房を包み込むと優しく捏《こ》ね回し始めた。

性的なことにまるで無知だったセラフィーナには彼の意図がよくわからない。かつて読みふけった恋愛小説《ロマンス》は主人公たちが数々の障害を乗り越えて結ばれ、めでたしめでたしで終わるのが常だった。

結婚式の後のことには触れられていないし、そういうことを知りたがるのははしたないことだとされていたから、実際に結婚すれば自然とわかるのだろうと漠然と考えていた。

それがまさか、結婚式も挙げずにこんなことになるなんて……。

恨めしいわけではないけれど、表情が曇ったことに気付いたのかエリオットがふと手を止めた。

「……やっぱり厭?」

目を瞠り、慌てて首を振る。

「違うの。ただ……」

「婚礼前に求めたことは謝るよ。でも、とても待ってはいられない。きみをしっかり捕まえていないと不安でたまらないんだ」

彼はセラフィーナの手を取ってくちづけた。

「狡《ずる》いってことは自分でもわかってる。卑怯だと詰られても反論はできない。それでもきみの心が僕にあることを確かめたくて――」

彼の背に腕を回して微笑む。

「わたしの心はあなたのものよ。最初からそうだった。これからも、ずっと」

「セラフィーナ」

呻くように囁いて彼は唇を重ねた。荒々しいくちづけに翻弄され、息苦しさに喘ぐと歯列の隙間から舌が滑り込んだ。

「んんッ!?」

反射的に押し戻そうとすればよりいっそう強く抱きしめられ、有無を言わさず口腔《こうこう》をなぶられてくらくらと眩暈がした。

思う存分舐め尽くすと彼は軽く息を荒らげて身を起こした。くたりとなって喘いでいるセラフィーナの腿《もも》を摑み、ぐいと脚を開く。

「ひ……っ」

あられもない恰好をさせられてセラフィーナは真っ赤になった。ぱくりと割れた秘処を、エリオットがまじまじと覗き込む。暖炉の明かりだけではよく見えないはずだが、それでも恥ずかしいことに変わりはない。

彼の指が羞恥に縮こまっている花芽に触れる。思いも寄らぬ強い刺激が走り、セラフィーナはびくっと身体を揺らした。

指先でそっと撫でさするように彼は慎ましい突起に触れてくる。今まで感じたことのない鋭い刺激にセラフィーナは混乱し、シーツを握りしめて喘いだ。

(な、何……これ……!?)

優しく撫でられるたび、びくびくと勝手に身体が跳ねてしまう。何やら熱いものがとろりと滴り、指の滑りがよくなって、まさか漏らしてしまったのかと羞恥に身を縮めた。

「ご、ごめんなさい……っ」

「何を謝るんだ?」

「だ、だって……」

ああ、と彼は得心したように苦笑した。

「大丈夫。ここは女性がとても感じる場所だから、濡れるのは気持ちがいいからだよ」

そう言われて初めてセラフィーナは自分が感じているこの未知の感覚が肉体的な心地よさなのだと気付いた。とたんに産毛が逆立つような快感にぞくんと身体が震える。

「あ……」

「気持ちいい?」

優しく問われ、おずおずと頷いた。第一関節まで指がとぷりと沈み、くちゅくちゅと浅い出入りを繰り返すたびに新たな蜜が誘い出される。

「……とろとろになってきた。感じてるんだね、セラフィーナ」

エリオットは昂奮《こうふん》をにじませる声音で囁き、さらに抽挿《ちゅうそう》を大胆にした。にゅぷっ、くちゅっと淫靡な水音が高くなり、いつしかセラフィーナは頬を紅潮させ、喘ぎながらぎこちなく腰を振っていた。

ぬめりをまとった指は少しずつ奥処へと分け入ってゆく。やがて、ぐっと掌を押しつけて彼は囁いた。

「付け根まで入った」

思わず視線を向けると、彼は見せびらかすようにゆっくりと指を抜き、またずぷずぷと隘路に押し戻した。

セラフィーナは魅入られたようにその様を凝視した。エリオットの優美な長い指が自分の中に埋め込まれている。今までただ排泄《はいせつ》と月経のための場所としか考えていなかった、秘すべき場所に。

そうされて快感を覚えている。今まで知らなかった感覚が彼の指によって掘り起こされてゆく。そのことに驚きと羞恥、そして喜びを感じていた。

彼は反応を確かめながらゆっくりと指を動かした。初めて異物の侵入を受けた隘路はまだ硬く、狭く、ぴったりと押し包むように指に巻きついた。

それをなだめ、ていねいに解きほぐしていくと、次第に襞はやわらかく柔軟になって羞じらうようにわなないた。セラフィーナは恍惚とした表情で無心に腰を揺らした。

下腹部からぞくぞくする感覚が湧き上がり、眉根を寄せる。もよおしたときと似ているけれど、どこか違う感覚――。

「ぁ……エリオット……。何か……変なの……」

「心配ないよ。そのまま感じていればいい」

「でも……」

「大丈夫」

彼は微笑んでセラフィーナにキスした。

「気持ちいい、ね？」

頬を染め、こくんと頷く。彼は挿入した指の抜き差しを少しずつ大胆にしていった。下腹部の不穏な疼きはますます強くなり、快感がふくれ上がってゆく。

（ああ、だめ……！　はじけてしまう……っ）

恐れおののくと同時に、内臓が捩《ねじ》れるようななんとも言いがたい感覚にセラフィーナは息を詰めた。まさに溜まりに溜まった快感を押さえていた蓋がはじけ飛び、鋭い快感が噴水のごとく背筋を駆け上って頭の中が真っ白になる。

秘処がびくびくとわななき、銜《くわ》え込んだ指を締めつける。

気がつけば見開かれた視界の中で、ちかちかと光が瞬いていた。放心するうちに焦点が合い始め、心配そうにエリオットが覗き込んでいることにようやく気付く。

「セラフィーナ？　大丈夫かい？」

恥ずかしくなって、急いで頷いた。

「どうしたのかしら、わたし……。失神してた？」

「ほんの一瞬ね」

彼は微笑んでセラフィーナの頬を撫で、唇に優しくキスした。

何度も唇を合わせ、幸福感にうっとりと包まれていると、未だゆるやかな収縮を繰り返している蜜口に、指とは違う何かが触れた。何かもっと丸みをおびた、太いもの。

なんだろうと身を起こそうとすると、エリオットが急にのしかかってきて強引に押し倒された。膝裏に手を入れて押し上げられ、脚が空中で揺れる。やっぱり指じゃない。だって彼の手はセラフィーナの脚を摑んでいる。

彼が腰を押しつけると、その何かはセラフィーナの中にぬぷんと入り込んできた。指よりもずっと太く、弾力がある。

「エ、エリオット……!?」

「すまない。絶対優しくしようと思ったけど、やっぱり無理だ。そんな余裕、あるわけない……っ」

彼が何を言っているのかわからないまま、その猛々しい何かは隘路を突き進み、乙女の関門を突き破って一気に奥処まで貫いた。

「ひ……ッ」

激痛にのけぞり、涙が噴きこぼれる。身体をこわばらせ、苦痛に奥歯を噛みしめていると、エリオットが焦った様子でセラフィーナの頬を撫でた。

「痛くしてごめん。ゆっくりだと余計につらいかと思って……」

そのときになってようやく自分を貫いているものの正体を知った。エリオットの雄茎がずっぷりと埋め込まれている。

エリオットは絶句するセラフィーナの機嫌を必死に取った。

「ごめんよ。わざと痛くしたわけじゃない。どうしても必要だったんだ。きみと……繋がるためには」

繋がる。そう、ふたりは繋がっていた。遮るものもなく、ぴったりと。エリオットが自分の中にいる。その事実にセラフィーナは驚き、そして深く腹落ちした。

(結ばれるというのはこういうことだったんだわ)

単なる言葉の綾ではなく、本当に互いの身体を繋げる行為だったのだ。

「怒ってる……?」

不安そうに問われ、気を取り直してセラフィーナは微笑んだ。

「痛くてびっくりしただけよ」

「ごめんね」

すまなそうに眉を曇らす彼の頬を撫で、かぶりを振る。

「いいのよ」

彼の背を優しくさすりながら、セラフィーナはかすかな喪失感を覚えていた。

これで自分は乙女ではなくなった。愛する人に純潔を捧げたことを悔いてはいないが、無邪気な少女だった自分が夢見た結婚は、ついに実現することなく潰《つい》えた。そのことがどうしてもやるせなく、哀しい。

その気持ちを隠すようにセラフィーナは彼を抱きしめ、頬をすり寄せた。

エリオットを愛してる。この気持ちに嘘偽りはない。彼もわたしを愛してくれる。

ただ、わたしたちは外れてしまったの。

歩くはずだった、歩けると単純に思い込んでいた、ごく当たり前の人生の道を。

そんなもの最初から幻だったのかもしれない。セラフィーナが恋したのは『ただのエリオット』で、彼もまた『ただのエリオット』として愛されることを望んだ。でもそれこそが、ままごとじみた幻影だったのだから。

「……愛してるわ、エリオット」

囁くと彼の目が歓喜に輝いた。唇を合わせ、舌を絡めてもつれ合う。エリオットは飢えたように腰を打ちつけ、セラフィーナは繋がっていることを確かめるように無我夢中で腰を揺らした。

破瓜の痛みが消えることはなかったが、いつしか狂おしい快感にまぎれ、痛みさえも心地よさの一部であるかのような感覚に幻惑される。

彼は若い獣のごとくがむしゃらに肉体をむさぼり、セラフィーナは自分が喰《く》らい尽くされてただ快感だけが残っているかのような奇妙な幻覚の中で絶頂を迎えた。

エリオットが呻き、腰を押しつける。熱い迸りによってふたたび現実感を取り戻しながら、セラフィーナの意識は暗闇に沈んでいった。

第六章　繭《まゆ》ごもり

翌朝、目覚めるとベッドにひとりきりだった。ぼんやりと手を伸ばせば乱れたシーツにかすかなぬくもりを感じる。

遠慮がちなノックの音がしてドアが開き、誰かが入ってきた。

「——失礼します。お目覚めですか、お嬢様？」

「起きてる、わ……」

ホッとして身を起こそうとしたとたん、ズキッと秘処に痛みが走る。心配そうにスーザンが尋ねた。

「どうかなさいましたか？」

「……大丈夫。急に起き上がったせいで眩暈がしたの」

「ではもう少しお休みになってください。そのように殿下にお伝えいたします。無理に起こさないよう言われていますから」

「いいえ、起きるわ」

いつものように、カーテンを閉めたまま身繕いと着替えを済ませた。髪を結うときだけほんの少し隙間を開けて光を入れる。ドレッサーの鏡には青白い顔の女が映っていた。

ここ数か月で初めてセラフィーナは鏡に映る自らの顔を直視した。そして初めて自分がひどく面変わりしたことに気付いた。

「……幽霊みたい」

「そんなことありません！　だいぶお痩せになりましたが、今でもお嬢様はとてもお綺麗です」

スーザンが珍しく語気を強める。

「ありがとう。――ねぇ、ひとつだけ教えて。どうして彼に協力したの？」

「それは……」

顔を赤くして口ごもったスーザンは、意を決して鏡越しにセラフィーナを見つめた。

「あのままではお嬢様が死んでしまうと思ったからです」

「え……？」

「殿下ならお嬢様を助けられる……いいえ、助けられるのは殿下だけだって思ったんです。あのままじゃ本当に……」

スーザンは口ごもり、頭を下げた。

「勝手なことをしました。馘にされても文句は言いません」

「……そんなことしないわ」

セラフィーナは微笑んだ。

「ありがとう、気にかけてくれて」

スーザンは無言で激しくかぶりを振り、ふたたびセラフィーナの髪を整え始めた。

身支度を済ませ、階下に下りる。階段下には昨夜出迎えてくれた初老の執事がいて、慇懃に一礼すると食堂へ案内してくれた。

午前の光が届く室内で、ふたりの男性がテーブルについていた。気付いたエリオットが即座に笑顔で立ち上がる。

「おはよう。よく眠れたかな」

「……ええ」

手を取られ、席に導かれる。向かい側の男性も立ち上がって礼儀正しく会釈をした。

「レディ・セラフィーナ」

「スウィニー伯爵」

エリオットの側近、アルヴィンだ。全員が席につくと朝食が運ばれてきた。オムレツにベーコンとソーセージ、炙ったトマトとマッシュルームが添えられている。フルーツにパン、コーヒー。どれもバーリントンのホテルに劣らぬ美味しさだった。

食事の間、エリオットとアルヴィンは当たり障りのない会話を交わしていたが、なんとなくセラフィーナは落ち着かなかった。

熱いコーヒーが運ばれて召使たちが下がると、おもむろにアルヴィンが切り出した。

「――さて。これからどうしますか、レディ・セラフィーナ」

「えっ……」

いきなり問われて口ごもる。セラフィーナを見て驚かなかったのだから、ことの次第を承知していたのは明らかだ。しかし自分の意志を問われるとは思っていなかった。

「殿下の暴挙については目付役として当然止めるべきでした。それを見逃したことをまずは謝罪します」

「はぁ……」

律儀に頭を下げられてセラフィーナは困惑した。

（どういうこと？　彼は計画に反対していたの……？）

「ですが、見逃すにあたって条件をつけました。あなたが家に戻りたいと言えば、必ずそれに従う。あなたの意志を尊重すると」

同じようなことを昨日エリオットからも言われた気がするが……。

「で、どうします？　ここにいますか？　それともご実家へ戻られますか」

「何も今すぐ決めなくたっていいじゃないか」

エリオットが不服そうな顔で言い出した。

「二、三日のんびりしてからゆっくり決めればいい」

「そうはいかん」

アルヴィンはぴしゃりと撥ねつけた。

「そうやってずるずると引き延ばす魂胆なのはわかってる」

「魂胆とはひどいな」

肩をすくめ、彼はコーヒーを飲んだ。

「話が終わるまであっちを向いててくれ。圧をかけられては正常な判断ができない」

「はいはい」

エリオットは素直に椅子ごと背を向けた。

「さて、どうしますか。遠慮することはありません。あなたの意向を無視して強要するのであれば、女王陛下に報告します。家に帰りたいというのであれば、今すぐ私の乗ってきた馬車で送ってさしあげましょう。ご実家でも滞在していたホテルでも、お好きな場所へ」

セラフィーナは迷った。帰りたいという気持ちもなくはない。正確には『帰りたい』というより『帰らなければ』だが。それが常識的な判断というものだ。

エリオットの気持ちが本当であろうと、彼がレディ・アリシアと婚約しているのは事実なのだから、良識に従えばその婚約が明確に破棄されるまでは距離をおくべきだ。

（でも……）

昨夜の彼の言動が、セラフィーナを不安にさせた。明るい朝の陽射しの中では以前と変わらず快活に見えるけれど、あれが単なるその場の勢いとか、切羽詰まった末の脅しなどには思えない。

逡巡《しゅんじゅん》を見抜いたかのように、突然エリオットが背を向けたまま断言した。

「僕は本気だからね」

平板な口調にもかかわらず、底知れぬ昏い激情を感じさせる声。アルヴィンは彼が本気でセラフィーナを愛しているという意味に取ったらしく、辟易した顔で言い返した。

「ちょっと黙っててくれないか」

エリオットはひらひらと手を振った。

彼の言葉が本当は何を意味しているのか、考えるまでもない。セラフィーナが去れば死ぬと言っているのだ。昨夜そう告げた彼の目は完全に本気だった。今だって、背を向けていなければきっと同じ目をしただろう。いや、見なくてもわかる。

すでに自分は誓ってしまった。彼が望む限り側にいると。けっして離れないと。そう誓い、その証として身体を許した。

彼があれほど執拗《しつよう》に求めたのは、翌日になればアルヴィンが訪ねてきてセラフィーナの意志を問うことがわかっていたからなのでは……？

そう思い当たってその狡猾さに瞬間的な怒りを覚えたが、あのときあくまで拒否していれば彼は本当に拳銃で頭を撃ち抜いたに違いない。穏やかながら不穏さを秘めた声音で、確信はさらに強まった。

（後戻りはもうできない）

セラフィーナは覚悟を決め、静かに答えた。

「わたしはここにいます。彼の側に」

予想はしていたのだろう。アルヴィンの顔に驚きは浮かばなかった。

「いいのですか？　本当に」

「はい」

きっぱり頷くとアルヴィンは物悲しげに嘆息した。

「あなたがそれでいいなら、とやかく言うのはやめましょう。……ですが、気持ちが変わったらいつでも言ってください」

「ありがとうございます。でも大丈夫です。……ただ、兄に無事をお伝え願えますか？　とても心配していると思いますので」

「おい。もうそっち向いてもいいか？」

「ああ」

ぶっきらぼうな声にアルヴィンは苦笑した。エリオットはさっと立ち上がり、見せつけるかのようにセラフィーナの肩をしっかりと抱いた。

「というわけで彼女は僕と一緒にここで暮らす。ソーンリー子爵に無事を伝えるのはかまわないが、場所は絶対教えるんじゃないぞ。尾行されては困るからおまえもうここへは来ないでくれ」

「そうはいかん」

アルヴィンも譲らない。しばし言い争った末にエリオットが折れ、尾行には充分注意した上でアルヴィンが不定期に様子を見にくることを承知した。

「これでいいだろ？　もう帰れ、邪魔だ。玄関まで送ってやる」

「恩きせがましく言われなくても帰るよ。——では、レディ・セラフィーナ。何かあれば執事に伝言を。彼の雇い主は殿下ではなく私ですから」

憤然としたエリオットに引きずられるアルヴィンに、セラフィーナは慌てて会釈をした。

エリオットは待機していた馬車にアルヴィンを押し込み、続いて乗り込むとバタンと扉を閉めた。

「ガブリエルには何も言うな」

「俺に嘘をつけと？」

「おまえはセラフィーナに返事をしていないから嘘をついたことにはならないさ」

「やれやれ、すっかり抜け目がなくなって」

「当然だろ、悪辣《あくらつ》な堕天使に対抗しなけりゃならないんだから。焦って隙が生まれたところで足を掬《すく》うんだ。――で、さっきの話の続きだが。奴が犬をけしかけたのは確実なんだな？」

表情を改めてアルヴィンは頷いた。セラフィーナがやってくるまでエリオットは彼から調査の中間報告を受けていたのだ。

「バルバラ公園の近くに怪しげな犬舎はなかった。犬がどこからやってきたのかなかなかわからなかったが……」

根気強く聞き込みを続けた結果、あの日、大きな黒犬を連れた男が目撃されていたことが判明した。時間がかかったのは犬を連れた男というのが黒ガラスの丸眼鏡をかけた身なりのよい紳士で、連れている犬は盲導犬だろうと思われていたからだ。

公園内で人が犬に襲われた騒ぎを知っている人は大勢いたが、誰もその犬を紳士が連れていた黒い大型犬とは結びつけなかった。襲ったのは『野犬』だと思い込んでいたのだ。

「その黒眼鏡の紳士がソーンリー子爵かどうかは、今のところ不明だけどな」

「騒ぎの後に眼鏡を外してひとりで歩いてれば、同一人物とは誰も思わないさ。ご婦人がたと違って男の服装は似たりよったりだ」

憮然とエリオットが顎を撫でる。アルヴィンはにやりとして続けた。

「ところでロジャーの調べでおもしろいことがわかったぞ。子爵には秘密の趣味がある」

「ほぅ？」

ガブリエルの元従者《ヴァレット》――酒癖の悪さから昨年解雇された――に高い酒をさんざん奢ってやって聞き出したところ、彼は賭け事に目がないという。

「賭博か……。珍しくもない趣味だな。莫大な借金でもあるのか？」

「いや、彼はオーナーなんだ。闘犬賭博のね」

エリオットは目を瞠った。

「ヤミ闘犬か！　兄上が言ってた」

「どうやら子爵は、いわゆるブラッド・スポーツが殊《こと》の外お好きなようで」

ブラッド・スポーツというのは動物に暴力を振るったり、動物同士を戦わせて楽しむ娯楽のことだ。かつてはこの国でも熊や猿に犬をけしかけたり、観衆に石を投げさせたりする『熊いじめ』や、闘犬、闘鶏などが盛んに行われた。流血で動物が死ぬこともしばしばで、残酷すぎると現在は違法になっている。

しかし禁止されてもなくなったわけではなく愛好者は今でもいる。秘密裡に試合が行われ、その勝敗は賭博対象となっているのだ。

「子爵は闘犬用の犬をこっそり何頭も飼育しているとか。調教師も雇っているが、自ら調教するのも好きで、暇さえあれば秘密の犬舎に通っているそうだ。なんでも特別なしつけを施された犬は、命じられれば人にも襲いかかるらしいぞ。これはちょっと眉唾だが、人間と犬を戦わせることもあるとかないとか」

「古代の剣闘試合みたいだな」

「犬舎の場所も確認した。郊外だが、彼が自分で犬を連れてくる必要はない。電報か何かで連絡して連れてこさせれば済む話だ。彼がレディ・アリシアから情報を得てすぐに連絡したなら充分間に合ったと思う」

「犬舎は押さえたのか？」

「とりあえず監視だけさせてる。摘発するか？」

少し考え、エリオットは首を振った。

「今はやめておこう」

「まだ状況証拠しかないしな」

「いや、その件で子爵の罪を問うつもりはない。奴が犬をけしかけたことさえ確信できればいいんだ。ヤミ闘犬の件は折りを見て兄上に進言する」

「それでいいのか？」

「醜聞《スキャンダル》をダメ押しするために取っておくんだよ」

ふふんと鼻で嘲笑《あざわら》ってエリオットは馬車を降りた。心配そうにアルヴィンが窓から顔を出す。

「レディ・アリシアのほうはどうなってる？」

「進行中。例の心当たりに頼んだ」

「それはまた……。本当になりふりかまってないんだな」

「うまくいけば彼女にも利がある。まったく、社交界ってのは怖いところだよな」

にやりとしてエリオットは館に戻っていった。アルヴィンは溜め息まじりにステッキの握りで馬車の天井を叩き、馬車は車輪の音を響かせて森の中を遠ざかっていった。

食堂に戻ってきたエリオットを見て、セラフィーナは眉を寄せた。

「何かあったの？　ずいぶん遅かったけど……」

「お説教を食らってたのさ」

こともなげに言って彼はセラフィーナの頬にキスした。

「天気もいいし、森を散歩しないか？」

「そうね」

頷いて外出の身支度をするために二階へ上る。シルクサテンのフラットシューズからブーツに履き替え、ショールタイプの優美なコートを羽織り、ボンネットをかぶった。手袋を嵌め、華奢な日傘を持って階段を下りていくと、玄関口でエリオットが微笑んだ。

「すごく綺麗だ」

差し出された腕に手を添え、外に出る。昨日着いたときには夜だったのでわからなかったが、ふたりがいるのは森の中にたたずむ瀟洒《しょうしゃ》なコテージだった。

ここはどこなのか尋ねようとして思い直した。知らないほうがいい。知れば必ず貴族令嬢として叩き込まれた良識がうるさく騒ぎ始めるだろうから……。

長閑な鳥の囀りを聞きながら森を散策する。秋の森は黄金色に色づき、斜めに差し込む陽光が不思議な静けさを感じさせた。

しばらく行くと森が途切れ、草地に出た。ゆるく上り坂になった先にはただ空だけが広がっている。

どこか遠くから波の打ち寄せる音が聞こえてきた。そこは海に続く断崖絶壁だった。

「あまり端まで行くと危ないからね」

そう言いながらもエリオットは崖へと近づいていく。おそるおそるついていったセラフィーナは、遥か下で岩場に白波が打ちつける光景に眩暈を覚え、慌てて彼の腕から手を離して後退《あとずさ》った。

「……ここから落ちたら間違いなく死ねるな」

崖の突端に佇む彼に、焦って手を伸ばす。

「危ないわ。早く戻って」

それでも彼は黙って水平線の彼方を見つめている。

「エリオット！」

「……嘘じゃないよね？」

「何が!?」

「アルヴィンに言った、さっきの言葉。ずっと側にいるって」

「嘘じゃないわよ！　いいから戻って」

海から吹きつける風に金髪をなびかせながら彼は呟いた。

「僕は卑怯者なんだろうな……。死んでやるときみを脅して、縛りつけてる」

振り向いて彼は泣きそうに顔をゆがめた。

「わかってる。だけど、どうしたってきみを手放せない。卑怯な上に臆病者だなんて、本当にどうしようもないよな……。見限られても文句は言えない」

セラフィーナはカッとなって彼に駆け寄り、腕を摑んで遮二無二引っ張った。充分に崖から距離を取り、憤然と怒鳴る。

「卑怯者でも臆病者でもかまわないから、馬鹿な真似はよして！」

目を丸くしたエリオットは、ふと笑みをこぼしてセラフィーナの頰に触れた。

「……やっぱりきみは勇敢だ」

「買いかぶらないでよ。わたしだって本当はすごく――」

喉が詰まったようになってセラフィーナは首を振った。

臆病なのは自分のほう。服を着れば傷痕を見られることなんてないのに、外に出るのが怖かった。犬に立ち向かったのだって、ただ無我夢中だっただけ。

「きみは本当に勇敢な人だよ。僕がきみを美しいと思うのは見た目じゃない。魂こそが本当に美しいから……傷があろうとなかろうと、やっぱりきみは誰より美しいんだ」

囁いてエリオットは唇を重ねた。あたたかな、優しい感触。彼の真摯な言葉はいつでもセラフィーナを励ましてくれた。希望をくれた。

彼を愛してる。ずっと側にいたいと心の底から希《こいねが》ってる。

このぬくもりにずっと包まれていたい。

たとえそれが許されないことであったとしても――。

森の館での日々は穏やかに過ぎていった。

エリオットはいつも優しく包み込んでくれるのに、傷痕を見られることがどうしても厭で、抱き合うときは必ず灯りを消すよう頼んだ。彼は黙ってそのとおりにしてくれるが、不満に感じていることは言葉にされなくても伝わった。

美しいという彼の言葉を未だに受け入れかねている。信じられないわけではなかった。彼が本気でそう言っていることはわかっている。傷痕を見て彼の気持ちが変わるとも、もう考えてはいない。

それでもまだセラフィーナは恐れていた。傷痕を目の当たりにした彼が、たとえ一瞬でも視線を揺らしたり眉をひそめたりしたら、それだけでもう立ち直れない。

今度こそ絶望に打ち砕かれ、あの崖から飛び下りてしまうだろう。

愛し合うとき、彼は執拗なほど傷痕を愛撫する。特に乳房を弄《いじ》りながら背後からくちづけ、じっくりと舐めたどることを好んだ。そのために後背位で身体を繋げることが多い。

暖炉の炎だけに照らされる仄昏い寝室は、傷痕を見られたくないセラフィーナをいくらか安心させてくれた。彼が背後にいれば、傷痕を注視していたとしても気付かずに済む。

今夜もゆっくりと彼は背後から挿入《はい》ってきた。破瓜されたときはあれほど痛かったのに、前戯で充分に濡れた蜜洞をみっしりとした太棹でいっぱいにふさがれる快感は、すでに待ち望むものとなっている。

「ん……」

セラフィーナは背をしならせ、吐息をついた。

あれからほとんど毎晩のように抱かれている。揺れる炎にぼんやりと照らされる室内で、薪の爆ぜる音に衣擦れの音と官能的な喘ぎ声が淫靡に入り交じった。

四つん這いになって尻を高く上げた恰好で、セラフィーナは貫かれていた。腹底を剛直がごりごりと擦る。

最初は羞恥で気が遠くなりそうだったのに、今では彼の動きに合わせて腰を揺すりながら甘えた声を上げる自分がいる。

「気持ちいい?」

誘惑の声音で尋ねられ、セラフィーナはぶるりと身体を震わせた。

「いい、わ……」

「もっと悦《よ》くしてあげるね」

彼は笑み交じりに囁いて腰を打ちつけた。愛蜜で濡れた肌がぶつかり合うたび、ぱちゅぱちゅと淫らな音が上がる。

彼はセラフィーナの快感を掘り起こすことに異様なほど熱心で、挿入前から何度も絶頂させられた。彼を迎え入れる頃にはすっかり朦朧としてしまい、夢見心地に喘ぎながら腰を揺らすことしかできない。

「あ、あ、あぁ――……っ」

背後からの抽挿で、セラフィーナは何度目かわからない絶頂に達した。びくびくと柔襞が収縮し、ふくれ上がった雄茎を締めつける。

セラフィーナの腰を摑んで、エリオットが心地よさそうに呻いた。

「あぁ、すごいな……」

彼は満足げな吐息をつくと、セラフィーナを抱えて座った。未だ痙攣の収まらない蜜壺をずぷずぷと屹立で突き上げられ、目を見開いてのけぞる。

「んんッ――!」

白い喉をエリオットが優しく撫でた。

「ふふ。セラフィーナのココは欲張りだね。もっともっと欲しいって駄々をこねてるよ」

「ちが……っ」

「違わないさ。気持ちいいんだよね？」

観念して力なく頷く。深々と貫かれ、リズミカルに抽挿される快感を、すでにセラフィーナは覚えてしまった。無邪気なくちづけにすら頬を染めていた自分は、もはや遠い過去のものだ。

エリオットは腰を打ちつけながら、ぐにぐにと乳房を揉みしだいた。乳首を摘まんで紙縒《こ よ》り、きゅっと引っ張っては放す。入り交じる痛みと快感に瞳を潤ませ、セラフィーナは頼りない喘ぎ声を上げて身体を揺らした。

「かわいいよ、セラフィーナ。本当にきみはかわいい。あまりにかわいすぎて……どれだけ抱いても飽き足りない。きみが悪いんだよ。僕を虜にしたきみが」

「あ……そん、な……」

抗議の声は、容赦のない突き上げで封じられてしまう。

「んッ、んッ、ぁ、あぁんッ」

とりわけ弱い箇所を重点的に責められ、セラフィーナの視界にちかちかと光が瞬く。

（ああ、だめ。また――）

恍惚が襲いかかる。下腹部が捩れ、そこから光が迸るような感覚とともに絶頂が訪れる。

「……放さないよ、セラフィーナ。きみは僕のものなんだから」

がくがくと首を振り立てる。頷いたのか、かぶりを振ったのか自分でもわからない。ただ、それはもう事実でしかなかった。

自分はエリオットのもの。彼に囚われている。

肉体以上に、この魂が。

「エリオット……」

「何？」

「あ……愛して……るわ……。あなたを……」

一瞬間を置いて、彼が甘く囁いた。

「僕も愛してるよ。美しいセラフィーナ。かわいいセラフィーナ。……ああ、こんなに締めつけて、僕を放そうとしない……」

息を弾ませ、エリオットはセラフィーナの腰を抱え直した。さらに激しく、狂おしい抽挿が始まる。揺れる乳房を鷲摑みにし、大胆に捏ね回しながら口を吸われた。

「んぅ、ん……ん、んっ……ふ」

舌を絡め、乳房を揉み絞りながらごりごりと突き上げられ、意識が朦朧となる。やがて熱い飛沫がはじけると同時にセラフィーナは最後の絶頂に達した。

びくびくと激しく蜜襞が蠢き、注がれた精を奥に取り込もうと本能のままに収縮を繰り返す。

飛んでいた意識が戻ってきて、互いの喘ぎ声がようやく聞こえるようになると、ふたりは身体を繋げたまま唇をむさぼり合った。

エリオットはぐったりしたセラフィーナの身体をそっと横たえ、営みを終えて満足した肉棹を引き抜いた。ぽかりと虚《うろ》が空いたような感覚に、恍惚と溜め息を洩らす。

彼はセラフィーナを正面から抱きかかえ、優しく背中を撫でながら肩口に唇を何度も押し当てた。

心地よい余韻に浸っていると、エリオットが呟いた。

「きみの傷痕をちゃんと見せてくれないか」

「……だめ」

「どうして？」

「見て気持ちのいいものじゃないわ」

この会話はもう何度目だろう。傷痕を見たいと言う彼をセラフィーナが拒む。その繰り返し。いつも一度で引き下がっていたのに、今夜は違った。

黙り込んだので諦めてくれたのだと安堵と申し訳なさを同じだけ感じていると、彼は思いも寄らぬことを言い出した。

「実を言うと、僕はもう見てるんだ」

「……え？」

虚を衝かれて顔を上げる。暖炉を背にした彼の顔は逆光になって翳に沈んでいたが、目の端で妖しい光が不吉な星のように瞬いた。

「きみが診察を受けるのを、覗き見させてもらったんだよ」

セラフィーナは唖然として彼を見つめた。

「どうやって……？」

「もちろん、医師に頼んだ。こういうのは好きではないけど……王族の権威というやつを振りかざしてね」

絶句していたセラフィーナは、飛びのくように身を起こして叫んだ。

「ひどいわ！」

彼は片肘をついて頭をもたげた。相変わらず表情はほとんど見えないが、瞳に宿る不穏な輝きが心なしか強まった気がする。

彼は気だるげな笑みを浮かべた。

「仕方なかったんだよ。何度見舞いに行っても門前払いで会わせてもらえなかったから」

「な、何を言ってるの？　あなたは一度もお見舞いには――」

「行ったさ。事故の直後から毎日のように足を運んだ。だけど病院でも家に戻ってからも、きみが会いたくないと言っていると断られた」

「誰がそんなこと……っ」

「決まってるだろう？」

皮肉な口調に呆然となる。

「……お兄様？」

「いくら頼み込んでも頑として撥ねつけられた。本人が会いたくないと言っている以上、会わせるわけにはいかないの一点張りでね」

「そんな……。そんなこと、わたし……言ってない……」

「押し入るわけにもいかないから、仕方なく毎回花束をガブリエルに託して帰ったよ。手紙をつけて。受け取ってくれた？」

絶句するセラフィーナに、エリオットはくすりと笑った。

「やっぱりね。そんなことじゃないかと思った」

「あなたがお見舞いに来てくれたなんて聞いてないわ。花束も、手紙も……お兄様はそんなこと、一言だって……」

それどころか尋ねるたびに何も来ていないと答えた。絶望にうちひしがれるセラフィーナを親身になって慰めながら、兄こそが妹の心を無惨にへし折ろうとしていたというのか。

嘘をついて。いかにも気の毒そうな顔をしながら平然と嘘をついて、セラフィーナが誰より逢いたかった人を遠ざけた。

「……どうして……そんなこと……」

「自分の下に縛りつけておくためさ。彼はきみをどこへもやりたくないんだ。他の誰でもなく、自分だけを頼りにさせたかった。そのために絶望させ、自分に依存するように仕向けた。おまえは醜いと繰り返し、頼れるのは兄だけだと思い込ませた」

「醜いなんて言ってないわ！　逆よ、お兄様は『醜くない』って言ったのよ。わたしはけっして醜くなんかないって、何度も、何度も……」

弱々しく言い返すと、エリオットは身を起こしてセラフィーナの二の腕を摑んだ。

「その言い方は『醜い』と言ってるのと同じことだ。それにスーザンがはっきり目撃してる。寝しなにガブリエルがきみの枕許で執拗にそう囁いているのを彼女は何度も見た。それで恐ろしくなって、僕の頼みを聞く気になったんだ。彼が意図的にきみを壊そうとしているのでは、と危ぶんでね」

セラフィーナは目を見開いて呆然とした。

「そんな……。お兄様が、わざとそんなことをするなんて……」

「すでに深く傷ついていたきみの心を、彼はさらに踏みにじった。彼の嘘で、きみは僕に捨てられたと思い込んだ。それだけでも赦しがたいが、それ以上に赦せないのは、きみに『自分は醜い』と強烈に思い込ませたことだ」

エリオットはギリッと歯を食いしばった。セラフィーナの二の腕を掴む手に力がこもる。

「彼から引き離しても、きみは未だに自分は醜いという思い込みに囚われている。いくら僕が美しいと言っても表面的にしか受け入れない。心の底では頑なに拒否してる」

「だって――」

「きみは僕よりガブリエルを信頼してる。それが悔しくてたまらないんだよ」

「だって実の兄なのよ!?　わたしを気にかけてくれるのはお兄様だけだった。両親は子ども嫌いで、めったに会わなかったし、ずっと無関心だったから……。お兄様だけが、わたしをいつも気にかけて、大事にしてくれた。愛してくれたの……っ」

感情が昂り、次第に声高になる。

「大人になって、ようやく両親に『価値』を認められたわ。でもその『価値』は失われた。使い道のない、役立たずのわたしを気にかけてくれるのは、やっぱりお兄様だけで……。お兄様だけがわたしを――」

「自分の価値は自分で決めろ！」

一喝《いっかつ》され、セラフィーナはびくっと身をすくめた。

「きみの両親が言う『価値』とやらは、きみに高値がつくかどうかってことなんだろう？　彼らはきみが傷を負ったことで値段がつかなくなったと判断した。そんな身勝手な価値観を、どうして受け入れなくてはならないんだ？　自分を貶める価値観を唯々諾々《いいだくだく》と受け入れながら、僕にとってきみは最高に素晴らしいという価値観は頑として受け入れようとしない。……悔しいよ、セラフィーナ。鼻持ちならない社交界の連中が信奉するだけの、くだらない『美』の基準に、きみががんじがらめになっていることが」

ぽかんとエリオットを見返していたセラフィーナは、急速に怒りが込み上げて叫んだ。

「くだらないですって？　あなたが超然として社交界を軽蔑できるのは、生まれながらの王族だからよ！　この国で最も地位の高い一族だからこそ、社交界のルールを無視しても、マナー違反をしても、苦笑されることはあってもけっして批判されない。追放されることもない。大目に見てもらえて、むしろ追従者《ヴァレット》が生まれるかもしれない。そんな生まれつきの特権を享受《きょうじゅ》していながらそのことにも気付かない人に、わたしが憧れたものを『くだらない』なんて言われたくないわ……！」

今度はエリオットが呆気に取られ、言葉をなくしてセラフィーナを見つめた。心の奥底で鬱屈していたものを吐き出したのは、これが初めてな気がした。

しかし胸がすっとしたのはつかのまだった。目を瞠って啞然としているエリオットを見返すうちに後悔が込み上げ、唇を噛んでぷいとそっぽを向く。

「……確かにそうだ」

彼は衝撃醒《さ》めやらぬ声音で呟いた。

「今まで考えたこともなかったよ……。きみにとって社交界の認める美しさが、どれほど価値のあるものなのか」

「俗物だと嗤えばいいわ」

「そんな資格、僕にはないさ。僕は……部外者なんだな、結局」

打ちのめされたエリオットの呟きに罪悪感を覚え、衝動に駆られるまま叫んだことが悔やまれた。

彼に悪気はない。ただ純粋なだけ。そう、眩しくて直視できない太陽みたいに。輝かしく、純粋で――。

「……僕はずっと、きみと同じ世界に住んでいるつもりだった。でも、違ったんだな」

呆然とした呟きに不安が込み上げた。ついに甘い夢から覚めたのか。自分がいるべき世界を自覚し、セラフィーナがそこにいないことを悟ってしまった。そこはセラフィーナが永遠に足を踏み入れることのできない世界なのだと……。

終わりの時が、来た。そう覚悟した瞬間――。彼の口から思いも寄らぬ言葉が飛び出した。

「どうやったら、きみの世界に行ける？　僕を拒絶して頑なに閉じこもっている、その世界に」

ただならぬ気配にぎょっとして目を向けると、彼は異様な熱意をおびた瞳で憑かれたようにセラフィーナを凝視していた。

「エ、エリオット……？」

肌が粟立つような戦慄を覚え、ぎくしゃくと首を振る。そして気付いた。彼が食い入るように見つめているのが自分の肩の傷痕であることに。

「……きみは、きみの価値観を僕には理解できないと言う。ならばきみも、僕の価値観を理解できないかもしれないね」

彼はうっそりと低く笑った。

「あの医師の診察室で、物陰に隠れてきみの傷痕を初めて垣間見たとき僕がどう思ったか、きっときみには理解できないだろうな。あのとき僕は感動で震えたんだよ。そう……身震いが止まらなかった。きみの傷痕が……すごく、すごく……美しくて」

「傷痕が、美しい……？」

「そうだよ！　醜いなんてとんでもない。これ以上美しいものが、この世に存在するものか。だってこの傷痕はきみの愛の証なんだ。きみが僕を心底愛しているという、動かぬ証拠なんだ。これほど美しいものはないじゃないか」

呆気に取られるセラフィーナを見つめ、彼は異様な熱意を込めて喋り続けた。

「この傷痕は、どんな芸術品にも感じたことのない感動を僕に与えた。涙があふれて止まらなかった。傷を負ったことで、きみは途轍《とてつ》もなく美しくなった。以前よりも千倍も万倍も美しい。……こんなにも美しいきみを伴侶とするには、僕は……あまりに醜すぎるよね」

「な、何を言ってるの!?」

「僕にはきみへの愛を証明する印がない。だからきみに受け入れられない。きみの住む世界に行けない。……うん、そういうことなんだ」

彼は裸身のままベッドを下り、暖炉に歩み寄った。彼が炎に手を伸ばすのを見てセラフィーナは悲鳴を上げた。無我夢中で彼の背にしがみつく。

「やめて、危ないわ！」

「……きみは傷のない僕を美しいと言い、傷痕のある自分は醜いと言う。僕は傷痕のあるきみを美しいと思い、傷のない自分は醜いと思う。傷痕は消せない。きみの傷痕は僕への愛の証だ。ならば僕も傷を負うべきなんだ。愛の証として」

「やめて！」

肩越しに身を乗り出し、燃える薪を掴もうとするエリオットの腕を懸命に掴む。

「お願い、やめて！　そんなことしなくてもわかってる。あなたがわたしを愛してるってことは……ちゃんとわかってるから……っ」

「嘘だ。きみは僕を信じてない。だから証明しなくちゃいけないんだ……」

憑かれたように呟く彼を必死に引き戻そうとするうちに、バランスを崩して折り重なるように後ろに倒れた。セラフィーナは彼に馬乗りになり、拳で胸板を叩いた。

「脅かすのはもうやめて！　死ぬとか、証明するとか……っ、馬鹿なまねをしないでよ！」

「脅してなんかいない。本当のことを言ってるだけだ」

静かに呟く彼を、目に涙を溜め、息を荒らげて睨む。エリオットのまなざしは幼子のように純粋無垢で、それだけに恐ろしいほど残酷でもあった。

「……そんなことしなくていいの。信じるから」

「嘘だ」

駄々をこねるように首を振る彼を、力の限りに抱きしめる。

「嘘じゃない！　本当に信じるわ。あなたにとって、わたしは……わたしの傷痕は……何より美しいものなのだと」

虚ろだった彼の顔に、次第に笑みが広がった。

「そうだよ、やっとわかってくれた？」

何度も頷きながら彼に頬擦りする。

「きみの傷痕を見せてくれるね？　きみの美しい愛の印を」

セラフィーナは躊躇なく身を起こした。すぐ側にある暖炉の火影で傷痕がくっきりと浮かび上がる。エリオットは称賛のまなざしで惚れ惚れと傷痕を眺めた。

「なんて綺麗なんだ……！」

彼の声も瞳も、純粋な喜びが満ちあふれている。そこには一点の曇りもない。

ふと、哀しみが胸に兆した。エリオットの魂は目茶苦茶にひび割れ、ほんの少しの衝撃でバラバラになってしまう。それをセラフィーナへの異様なまでの渇愛が、かろうじて繋ぎ止めているのだ。

(怪我をした後すぐに会えていたら、こんなことにはならなかったの……?)

彼の愛に包まれていれば、彼の愛を確信していられれば、心の傷はずっと軽く済んだに違いない。自分も、エリオットも。

セラフィーナは生まれて初めて兄に対して怒りと嫌悪を覚えた。

ずっと味方だと思っていたのに。たったひとりの『本当の』家族だと信じていたのに。兄もまたセラフィーナをモノ扱いする両親と同じだった。

セラフィーナ自身の意志も幸せも、これっぽっちも考えていない。徹底的に依存させ、側に留め置こうとしていただけ。自分だけの愛玩物《あいがんぶつ》として。

「……もう一度言って」

「綺麗だよ、セラフィーナ」

哀しくなるほど純真な言葉が、渇ききった喉を潤す慈雨のようにしみ込んでくる。

自分がそれほど飢え渇いていたことに、初めて気付いた。まっすぐに彼を見つめて微笑み、喜びと信頼を込めて唇を重ねた。最初のキスのように。

傷ひとつなかった楽園の時代。ふたりの魂は完璧な真円の珠《たま》が触れ合って、互いの周囲をくるくる回るだけの無邪気なダンスを踊っていた。

深い傷を負って楽園を失った魂は、それゆえに強く結びついた。互いの傷口がしっかりと嚙み合い、離れられなくなった。

魂が溶け合うなんて、そんな優雅なものじゃない。じくじくした生傷がくっついて、癒着してしまったようなもの。

きっとわたしたちはすごくいびつで、ゆがんでる。それでもいい。どのみち切り離されたらふたりとも生きてはいけないのだから……。

互いの唇をむさぼり合ううちに、彼の欲望がふたたび頭をもたげた。セラフィーナは自ら雄茎に手を添えて蜜を滴らせる秘処へと導いた。

腰を落とすと張り出した雁がにゅぷんと蜜口に入り込む。そのまま力を抜き、最奥まで一息に剛直を呑み込んだ。

「あぁ――――ッ……」

のけぞった白い喉から歓喜の声が迸る。後ろ手をついたエリオットがぐいぐいと腰を突き上げ、セラフィーナは上気した乳房を淫らに振り立てながら身体を弾ませた。

肉槍が蜜鞘を穿つたび、結合部から熱い雫が飛び散って濡れた音を響かせる。

「んっ、んっ、んっ、あんっ、あぁっ、ひぁあんっ……」

淫らな悦がり声がとめどなくあふれた。羞恥心はどこかに消え失せ、セラフィーナは快感のままに髪を振り乱し、喘いだ。

「あっ、あっ、ぃい……ッ、悦い……っ！　あ……ぁ……、いく……達《イ》くっ……」

びくびくと媚肉がわななき、一足飛びにセラフィーナは絶頂の階段を駆け上がった。恍惚として下腹部を波打たせるセラフィーナが後ろに倒れそうになるのを、エリオットが手首を摑んで引き寄せる。

さらに深く蜜壺を抉りながら、彼はセラフィーナの口腔をねぶり回した。

「んん、ん、ッむ」

きつく舌を絡められ、生理的な涙が噴きこぼれる。セラフィーナは仰向けになったエリオットの身体に跨がり、腰を振りたくった。まるで箍《たが》が外れたように、さらなる快感が欲しくてたまらなかった。

「あぁ、エリオット……。もっと、もっとして……」

「素敵だよ、セラフィーナ」

欲望にかすれた声音で囁き、彼は求められるまま腰を繰り出す。度重なる媾合《こうごう》で彼のかたちを覚え込んだ花筒は、悦楽にむせびながら淫らに蠕動《ぜんどう》した。

エリオットは恍惚と身体を揺らすセラフィーナの乳房を摑み、縦横無尽に捏ね回した。

セラフィーナは胸を突き出すように前のめりになって、夢見心地に腰を振り続ける。

(気持ちいい……)

陶然と吐息を洩らし、セラフィーナはさらに貪欲に腰をはずませた。朦朧とした意識の中、ひたすら快楽を追い求める。

気がつけば、エリオットが肩の傷を撫で回していた。これまでなら拒んだだろうが、今は彼の指が傷痕をたどるたびに痺れるような快感が湧き起こる。乳首がピンと屹立し、痛いほどに硬く凝った。

「あ……あ……すご……ぃ……ッ」

セラフィーナの昂りが伝わったように、隘路を上下する熱い楔がさらにぐんと嵩を増す。

目の前でいくつもの星がはじけ、愉悦の波が高みへと押し上げてゆく。

焦点の合わない目を見開き、汗ばむ身体を硬直させてセラフィーナは今までとは段違いの絶頂へと達していた。

「ぁ、あ――――ッ……」

熱い飛沫が奔流となって逆巻く。エリオットが腰を打ちつけるたびに白濁が迸り、快感で下りてきた子宮口を熱く濡らした。

「はぁ……ん……」

快感で爪先までじーんと痺れたようになる。放心して身体の上に倒れ込んできたセラフィーナを抱きしめ、エリオットは何度も唇をついばんだ。

「素晴らしいよ、セラフィーナ。ものすごく悦かった」

「わたしも……」

胸板に頬をすり寄せて囁くと、彼は蕩けるような笑みを浮かべて髪にキスした。

エリオットはうとうととまどろみ始めたセラフィーナを抱き上げ、ベッドに運んだ。傍らに横たわり、頬を指先で撫でながら心ゆくまで寝顔を眺める。瞼にそっとくちづけて彼は囁いた。

「……逃がさないよ、セラフィーナ」

もっともっと、搦め捕ろう。心も、身体も、魂も。

離れていかないように。離れられないように。

きみを捕まえておくためなら、ありったけの愛と情熱を捧げるから——。

† † †

「——殿下はいませんよ」

あくびをしながら面倒くさそうに答えるアルヴィンを、ガブリエルは苛立ちもあらわに睨みつけた。

セラフィーナが失踪してすでに三日。

ベルボーイの目撃証言から、エリオットが関わっているのは間違いないと彼は確信していた。背の高い金髪の若い紳士がぐったりしたセラフィーナを抱きかかえて出て行ったというのだ。

その後ろには両手にトランクを下げたスーザンが従っていたため、まさか誘拐だとは思いもしなかったという。醜聞《スキャンダル》は避けたかったので、やむなくガブリエルは適当に話を合わせた。

ホテルのドアマンによれば三人を乗せた馬車は王都の方向へ向かったという。ガブリエルはすぐさま王都に駆け戻り、エリオット王子が居候しているスウィニー伯爵の邸を訪ねた。まさか王宮に戻るとは思えないから側近のアルヴィンが匿っているに違いない。

すでに夜になっていたが、無表情な執事は慇懃に『どちらもご不在です』と告げた。押し入るわけにもいかず、名刺を置いて引き下がった。しばらく馬車の中から見張っていたが、人の出入りはなかった。

翌日午前中に行ってもやはり不在だと言われ、ようやく今朝になって中へ通された。十時半を過ぎていたが、アルヴィンはまだ室内着のままで眠そうに目をこすった。

「なんですか、こんな朝っぱらから……」

「エリオット殿下に話がある」

「だから彼は不在だと言っているでしょ」

あくびまじりに言われ、ガブリエルは眉を吊り上げた。

「ここにいることはわかってるんだ。妹のことで大事な話がある。今すぐ呼んでくれ」

アルヴィンは溜め息をつき、がっしりした首をぽきぽき鳴らした。

「本当にいないんですよ。私はしばらく所用で領地に行ってましてねぇ。昨夜遅くに帰ってきたばかりなんです。殿下は私が出かけた後、急遽《きゅうきょ》お出かけになったそうで、それっきりお戻りになっていません」

「行き先は」

「さぁ？」

「目付役だろう!?」

「そうは言っても殿下もいい大人ですから」

飄然とうそぶき、アルヴィンは探るような目つきでしげしげとガブリエルを眺めた。

「何をそんなに焦ってるんです？　もしやレディ・セラフィーナに何かありましたか。確か、自宅療養されてるんですよねぇ？」

「……っ、もういい！」

皮肉っぽい口調に憤然としてガブリエルが踵を返したとたん、玄関ホールのほうから押し問答が聞こえてきた。

「彼に会わせてよ！　わたしは婚約者なのよ!?　さっさとエリオット王子を呼んできなさい！」

激昂した女性の声にげんなりとなって、アルヴィンは眉間をぐしぐし揉んだ。

「いったいなんなんだ、今朝は……」

彼のぼやきに高慢な声がかぶさる。

「アルヴィン！　彼に会わせてちょうだい！」

「レディ・アリシア」

応接間に憤然と飛び込んできた女性におざなりな会釈をすると、彼は執事に目配せして下がらせた。

「エリオットはまだ寝てるの？　だったら今すぐ起こしてきて。居留守を使うのもいいかげんにしてよね。わたしは彼の婚約者なのよ！　会う権利があるわ！」

「居留守ではなく、本当にいないんですよ」

「言い訳を聞きにきたんじゃないわ。さっさと彼を呼んできなさいよ！」

「たとえ女王陛下のご命令でも、ここにいない人間は呼べません」

冷ややかに撥ねつけられ、アリシアはたじろいだ。そこでようやくガブリエルに気付く。

「あ、あら。ソーンリー子爵。奇遇ですこと」

「レディ・アリシア」

彼は取り澄ました顔で会釈をした。アリシアは気まずそうな顔で会釈を返し、そわそわとアルヴィンを見た。

「……本当にいないの？」

「だからそう言ってるじゃないですか。お疑いなら家捜ししていただいてもかまいませんよ。おふたりとも、どうぞお気の済むまで」

強気な態度に怯み、アリシアはちらとガブリエルを窺った。

「子爵もエリオット殿下に会いにこられたんですの？」

「ええ、まぁ」

「ジェームズ！　おふたりをご案内してすべての部屋をお見せしろ」

扉の陰から即座に現れた執事が、奇妙な命令にも眉一つ動かさずに頷く。しかしガブリエルは手を上げてそれを制した。

「いや、結構だ。また出直すことにしよう。——レディ・アリシア、居座っても無駄なようですよ」

「——もしかしたらレディ・バロウズのところに転がり込んでるのかもしれないなぁ」

ひょいと思いついたようにアルヴィンが呟くと、アリシアの目許がぴくっと引き攣った。

（レディ・バロウズ？）

ガブリエルは眉をひそめ、頭の中の貴族年鑑をひもといた。レディ・バロウズ——シルヴィア・バロウズは故ホークヤード前伯爵の後妻である。〈青い薔薇の女主人《ミストレス・ブルーローズ》〉と綽名《あだな》され、セラフィーナの母グロリアと勢力を二分する〈社交界の華《ソーシャライト》〉だ。

「――行きましょ、子爵」

唐突に言ったかと思うと、アリシアはつんと顎を上げて挨拶もなく応接間から出て行った。ガブリエルは軽く会釈をして無表情にその後に続いた。

アルヴィンは部屋着のポケットに手を突っ込み、首をぐるりと回して嘆息した。

「まさか向こうからかち合ってくれるとはね……。いやはや偶然とは恐ろしい。殿下は悪魔でも味方につけたのか？　……さぁて、うまく踊ってくれるといいが」

独りごちたアルヴィンは、玄関の扉が閉まる重々しい音に肩をすくめた。

アルヴィン邸を出ると、アリシアは意を決したようにガブリエルを振り向いた。

「ちょっとお話ししたいことがあるのですけど、よろしくて？」

「では、私の馬車でお宅までお送りしましょう」

彼女は頷き、待たせていた馬車を帰すとガブリエルの馬車に乗り込んだ。適当に街を走らせるよう馭者に命じる。しばらくアリシアは黙って何事か考え込んでいた。

「何か気になることでも？」

水を向けるとアリシアはハッとしたように顔を上げ、ガブリエルと目が合うとかすかに頬を染めた。

「……アルヴィンが言ってたレディ・バロウズなんですけど。子爵様は何か聞いていらっしゃる……?」

「特には。ご存じとは思いますが、私の母はレディ・バロウズと張り合っていまして。彼女が〈ブルーローズ〉で成功しているのが特におもしろくないらしい」

〈ブルーローズ〉はシルヴィアが主催する超高級な社交クラブだ。要は賭博クラブなのだが、会員のみの舞踏会も頻繁に行われる。そのため、通常クラブといえば男性しか入れないところ、〈ブルーローズ〉は女性も入れる。

しかし入会審査は非常に厳しい。金と地位の両方が必要なのはもちろん、さらには主催者であるレディ・バロウズのおめがねに適った人物だけが入会を許されるのだ。

シルヴィアは外国生まれの婀娜《あだ》な黒髪美人で、イングルウッドの名士であるホークヤード伯爵に見初められて後妻に収まった。

夫は数年後に亡くなり、遺産は跡継ぎである前妻の長男がすべて継いだ。しかしかなりの財産を生前贈与されていたため、悠々自適《ゆうゆうじてき》の生活を送っている。

ガブリエルの母グロリアは彼女の出自が怪しいと見下しており、この国の社交界で成功を収めていることがどうにも気に食わないのだった。息子にもシルヴィアにはけっして近づくなと厳命している。

アリシアは気まずそうにゆらゆらとかぶりを振った。

「実はわたし、レディ・バロウズ――シルヴィアさんに誘われて〈ブルーローズ〉の会員になったんですの。本当は未婚女性はだめなんですけど、婚約済みということで特別に仮会員にしていただけました。正式に入会が認められるのは結婚してからです」

なるほど、とガブリエルは相槌を打った。やたらプライドが高く見栄っ張りのアリシアのことだ、喜んで誘いに応じただろう。

現在イングルウッドで〈社交界の華《ソーシャライト》〉として称賛を集めている花形貴婦人は数名いるが、中でもグロリアとシルヴィアが飛び抜けており、互いに張り合い、競い合っている。

どちらかといえばグロリアの周囲には古くからの名家である上流貴族が集い、シルヴィアのほうには新興の貴族や地主が集まっていたが、〈ブルーローズ〉が始まると上流貴族が大勢名を連ねるようになった。

社交界で地位を築くには、二大〈社交界の華《ソーシャライト》〉のどちらかと仲良くするのが一番てっとり早い。これまでアリシアは生粋のイングルウッド旧家の出であるグロリアと親しくしていたが、セラフィーナが恋敵と知って、その母親に媚びるのが厭になったのだろう。

アリシアは言い訳がましく話を続けた。

「ご存じかしら？　シルヴィアさんって、ちょっと噂になったことがありますのよ。その、エリオットと」

思わぬ言葉にガブリエルは眉を上げた。

（……そういえばそんな話もあったな）

第二王子が異国生まれの美女と懇《ねんご》ろだと社交界で囁かれたのは、確か四年ほど前だったか……。シルヴィアの夫はすでに亡くなっていたため不倫にはあたらない。特に醜聞《スキャンダル》にもならず、女王からのお咎めはなかったはずだ。

（もしかして、昔の愛人に匿ってもらってるのか？）

――まさか！　エリオットはともかく、セラフィーナが受け入れるとは思えない。しかし噂を知らなければ、あるいは……？

「もちろん、ほんの一時期のことですわ。エリオットもまだ学生でしたし、名を売りたいシルヴィアさんにうまく利用されただけでしょう。アルヴィンがあんなことを言い出すから、もしかして……とつい心配になってしまって」

「いや、無理もありません」

頷くとアリシアは気まずそうな笑みを浮かべて座席にもたれた。

「本当にアルヴィンのところにいないなら、いったいどこへ行ってしまったのかしら」

エリオットが頼れるのはアルヴィンだけだと思い込んでいたのは間違いだったかもしれない。セラフィーナが連れ去られて以来、血が上ったままだった頭にようやく冷静さが戻ってくる。

「……確かめてみたほうがいいかもしれませんね」

「え？」

「〈ブルーローズ〉ですよ。私をクラブに連れて行ってもらえませんか？　会員の連れとしてゲスト入場できないでしょうか」

「ど、どうかしら。わたしもまだ仮会員だし……」

「もともと向こうから誘ってきたんですよね。いずれ王子妃となるあなたを自分の陣営に取り込みたがっているんだから、多少の無理は聞いてくれるのでは？」

熱っぽく凝視するとアリシアはうろたえてどぎまぎと頬を染めた。

「い、いいわ、シルヴィアさんに訊いてみる。ちょうど明日、クラブの舞踏会なの。どうしようかと思ってたけど……あなたが一緒に行ってくれるなら行こうかしら……？」

上目遣いでアリシアはガブリエルを窺う。

(それでエリオット王子を捜し回っていたのか)

舞踏会は男女同伴が原則だ。婚約者の王子を見せびらかしたかったのだろう。ガブリエルは意図的に親しげな表情を作った。

「エスコート役なら問題なく許可されるんじゃないかな」

「そうよね！　今の時期は王都にいる人が少なくて、こぢんまりした会だと言ってたから……お客が増えればシルヴィアさんも喜ぶわ」

そこにセラフィーナがいるかどうかわからないが探る価値はある。王子の協力者がスーザンだけとは思えない。きっと他にもいるはずだ。

（それにしてもスーザンが裏切るとはな……）

金銭ずくで買収されたか？　ありそうなことだ。所詮は下級使用人、信用できるわけがなかったのだ。従僕《フットマン》のひとりもエリオットに買収され、密会の手引きをしたが、スーザンはなお赦しがたい。ただではおくものか。闘犬場に投げ込んで、どれだけもつか賭けの対象にしてやる。

（あの盗人自身を犬に食わせてやれたら、どんなにかいいのに）

その様をセラフィーナに見せつけて、今度こそ心をこなごなに砕いてやりたかった。そうすれば二度と逃げ出したりしないはず。

ガブリエルが内心でそんな残酷な夢想にふけっているとも知らず、アリシアは彼の冷たく整った横顔をうっとりと眺めていた。

レディ・バロウズことシルヴィアは喜んでガブリエルを迎え入れた。

十月ともなれば主な社交界人士はそれぞれの領地で狩猟に興じるか、バーリントンのような保養地での滞在を楽しむものだが、やむを得ず王都に残っていたり、所用でやってくる者もけっこういる。〈ブルーローズ〉の店内はかなり賑わっていた。

店といっても表に看板も表札も出ていない。知らなければ個人の邸宅にしか見えないだろう。

自慢の黒髪《ブルネット》を豪華に結い上げ、光沢のある青のドレス姿であでやかにシルヴィアは微笑んだ。

「ようこそ、子爵様。ぜひ楽しんでいらしてね」

彼女はお仕着せ姿の従僕《フットマン》が差し出す銀のトレイから一本の青い薔薇を取り上げ、ガブリエルのまとうテイルコートのフラワーホールに手ずから挿《さ》した。もちろん青い薔薇など存在しないから、白薔薇に青インクを吸わせたものだ。

「ゲストの印ですのよ。レディ・アリシアにはこちら」

にっこりして彼女は青いベルベットの仮面を示した。目の周りを覆うだけのもので、後ろで留めるためのリボンがついている。シルヴィアはこちらも自らリボンを結んでやった。

「まだ仮会員だから、ね」

悪戯っぽく彼女は笑い、ふたりを奥へ案内した。室内楽団の演奏で何組もの男女が楽しげにワルツを踊っている。シルヴィアに勧められ、ふたりもダンスに加わった。

正直そんな気分ではなかったが、断れば何をしにきたのかと疑われてしまう。アリシアのほうは、エリオットを出せと昨日はこめかみに青筋をたてていたことなどけろりと忘れてダンスに興じている。

（低俗な女だ）

ガブリエルは内心で嘲った。どうやって婚約に漕ぎ着けたのか知らないが、まともな手立てとは思えなかった。エリオットがあっさりアリシアに鞍替えしていたなら、セラフィーナを攫っていくはずがない。

（この女と結婚して不幸になればいいんだ）

大事なセラフィーナを奪ったからにはせめてそれくらいの罰は受けてもらわなければ。一刻も早く妹を取り戻し、あの盗人王子をこの野望まみれの女に押しつけてやる。

ダンスが終わり、居合わせた人々とそつなく歓談した。ゲストとはいえガブリエルが来ていることに皆驚いていた。彼の母とシルヴィアが犬猿の仲であることは誰もが承知している。

婚約者の都合がつかなかったのでエスコート役をお願いしたのだとアリシアは自慢げに吹聴した。なんでも自分が前面に出ないと気が済まない質なのだ。仮面をつけていても彼女が誰なのかすでに全員が知っているようだった。

適当に挨拶や会話を交わしながら店の中を見て回る。いくつかの部屋にわかれており、ダンスの他に、賭け事が行われていた。

もともとこのクラブの主眼は賭博である。富裕層ばかりゆえ賭け金は高額だが、胴元であるシルヴィアはそれで荒稼ぎする気はなく、勝負にも介入しない。勝ったほうから多少のマージンを取るだけだから安心して遊べる。あくまで名士のための上品な社交場なのだ。

婚約者を捜しにきたはずなのに、アリシアはカードゲームに夢中になって卓に居座ってしまった。放っておいてガブリエルは給仕たちからさりげなく話を聞いた。

エリオットは会員ではないらしい。王族の出入りもないという。この店の上階にはホテル代わりに使える個室が用意されているが、そこにも泊まり客はいないそうだ。

（やはり違ったか……）

だったら長居する意味はない。アリシアの様子を見に戻るとちょうど一勝負ついたところで席が沸いていた。アリシアは大勝ちしたようで頬を紅潮させている。

「ここにはいないようですよ」

耳打ちされてやっと当初の目的を思い出したのか、アリシアは気まずそうな顔になって腰を浮かせた。

「そ、そう。それじゃ、帰りましょうか」

席を立つと、ワイングラスを手にシルヴィアがすかさずやってきて微笑みかけた。

「あら、もうお帰りになるの？　もう一曲くらい踊っていかれては？」

彼女の合図で控えていた給仕が銀盆を差し出す。やむなくグラスを取って乾杯した。ワインかと思えば果汁やスパイスを加えたパンチのようだ。

喉が渇いていたのかアリシアはおいしそうに飲み干してしまう。ガブリエルもやむなく呷《あお》ると彼女はなれなれしく腕を絡めてきた。

「ねぇ、帰る前にもう一曲踊りましょうよ」

「一曲だけですよ」

引きずって帰るわけにもいかず、しぶしぶ頷く。酒に弱いのか、アリシアは目許を赤くしてふらつきながらもガブリエルをダンスの部屋へ引っ張っていった。

踊っているうちにアリシアのふらつきは大きくなり、曲が終わると同時にぐったりともたれかかってきた。肩を抱いて支えながら戻ると、見守っていたシルヴィアが心配そうに歩み寄った。

「そんなに強いお酒じゃなかったのだけど……勧めて悪かったかしら」

「少し休ませたほうがよさそうですね」

内心舌打ちしたい気分を抑えて言うと、即座にシルヴィアは案内に立った。

「上の客間を使ってちょうだい。今夜は誰もいないから」

寝ぼけたようにふらふらしているアリシアを支えて階段を上る。

「ここは会員の方々がホテル代わりに使えるようにしてあるのよ。食事も出せるし、ホテルより気楽だってしばらく滞在なさる方もいるわ」

シルヴィアは笑って部屋のドアを開けた。さほど広くはないが、貴族の邸らしく洗練された豪華な内装だ。召使に暖炉の火をつけるよう命じ、アリシアをベッドに寝かせると、シルヴィアは水を持ってくると言って出て行った。

　ぐったりしたアリシアを見下ろしてガブリエルは溜め息をついた。

(面倒なことになったな)

　しかし家までは送り届けなければならない。少し休ませたら連れ帰ろう。

　まもなく水差しとグラスを載せたトレイを持ってシルヴィアが戻ってきた。彼女はトレイをサイドテーブルに置き、水をしぼったタオルでそっとアリシアの額をぬぐった。

「……可哀相に、無理してはしゃいでいたのね、きっと」

「可哀相？　無理とはどういう意味です？」

　面食らうとシルヴィアはハッとして、言い訳がましい笑みをそわそわと浮かべた。

「いえ、ね。エリオット殿下との婚約は不本意だったんじゃないかと思って。気の回しすぎかしら」

　意味がわからず眉をひそめると、ますますシルヴィアは落ち着かなくなった。

「な、なんでもないわ。きっとわたしの思い過ごしよ」

「どういうことですか。この婚約に何か裏があるとでも？」

　ガブリエルはさらに強い口調で迫った。もしも裏があるなら知っておかなければ。エリオットの居所の手がかりになるかもしれない。

「……誰にも言わないでくださいましね？　名誉にかかわることですから」

重々しく請け合うと、シルヴィアは彼をベッドから離れた場所に置かれた長椅子へ誘い、扇の陰でひそひそと話を始めた。聞くうちにガブリエルの目が見開かれていく。

「――本当ですか、それは」

「確かな話よ。教えてくれたメイドは、昔うちで働いていて王宮に推薦してあげた者なの。それで今でもいろいろと王宮の内部事情を話してくれるのよ」

そのために推薦したに決まってると嘲りながら、真面目な顔で相槌を打つ。

「しかし、まさかエリオット殿下がそんなふるまいに及ぶとは……」

「それはもう、完全に泥酔していたらしいわ。記憶が飛ぶくらいにね。理由はよくわからないけど、どうやら失恋したみたい。そうとう入れ込んでいたのに、別れるよう女王陛下からきつく命じられたようなのよ。お可哀相に、たぶん身分違いだったのね」

「……そういえば、あなたはエリオット殿下と交際していたそうですね？」

「あら、いやだ。そんな昔のこと、今さら持ち出さないでくださいな」

シルヴィアは耳朶《じだ》をポッと染め、ガブリエルを軽く睨んだ。

「事故みたいなものよ。すぐに解消したわ」

「ではもうお付き合いはない？」

「行き会えば挨拶する程度ね。エリオット殿下は見かけによらず社交活動をあまり好まれないの。色恋沙汰にもあまり関心がないみたい。――それにしたって酔って女性に乱暴するなんて紳士の風上にもおけないわ！」

シルヴィアは義憤にかられた風情で眉を吊り上げる。

「婚約といっても責任を取るというかたちではレディ・アリシアが可哀相。すごく傷ついたでしょうし、釈然としないわよね……」

今度は眉尻を垂らして頬に手を当て、大きな溜め息をつく。ガブリエルは沈鬱な表情で頷いてみせながら、心の中では笑いが止まらなかった。

酔った勢いでの愚行にせよ、セラフィーナがこのことを知れば絶対にエリオットを許すまい。たとえ自分と結婚できなくなったゆえの自棄酒だったとしても、いや、だからこそ余計に許せないはずだ。

妹の性格を考えれば確信がある。何しろ生まれてからずっと見てきたのだ。

これでセラフィーナをエリオットから引き離せる。彼のしでかしたことを話せば、必ずや別れを決意するはずだ。

アリシアが小さな呻き声を上げたので、急いでシルヴィアは立ち上がった。

「気分はどう？」

「……なんだかだるくて……。身体が火照ったみたいで、頭がぼんやりするの……」

「無理に動かないほうがいいわ。今夜は泊まっておいきなさい。事情を説明した手紙を持たせて公爵邸に使いを出すから」

気だるげにアリシアは頷いた。ガブリエルもアリシアの様子を窺いながら汗ばんだ額をぬぐった。どうもこの部屋は暑い。暖炉を焚《た》きすぎなんじゃないか？　無意識に襟元を指で探ったが、肩が剝き出しのドレスを着たシルヴィアは平気そうだ。

「――では私は帰ります」

ひとまず退散しようとすると、アリシアが急に身体を起こして腕に絡みついた。

「行かないで！　ひとりにしないでよ」

「大丈夫よ、アリシア。わたしがついていてあげるからゆっくり休んで」

「でも、でも……」

むずがる幼児のように、アリシアは激しくかぶりを振る。困ったようにシルヴィアがこちらを窺い、ガブリエルは溜め息をついた。つくづく面倒な女だ。

「……それでは私も隣の部屋に泊まらせてもらいましょう。かまいませんか？」

「ええ、もちろんよ。すぐに支度させるわ」

シルヴィアは明らかにホッとした顔でいそいそと部屋を出て行った。アリシアはまたベッドに倒れ伏し、腕を伸ばした。

「ガブリエル、こっちへ来て。ひとりだと怖いの……」

仕方なく手近な椅子を持っていって側に座るとアリシアは彼の手を摑んで引き寄せた。熱をおびた彼女の手に触れると奇妙な感覚が湧き上がった。嫌悪と情欲が入り交じったかのような、なんとも居心地の悪い感覚にぞわりとし、同時に突飛な考えが頭をもたげる。

エリオットへの仕返しにアリシアを辱めてやったらどうだ？

いくら足掻《あが》いたところで女王の命令に逆らうことなどできない。いずれは観念するだろう。セラフィーナを奪い返し、奴がアリシアと結婚した後で、寝取ったことをそれとなく仄めかしてやるのだ。

いや、黙ったままでも腹いせには充分か。ふたりを目にするたび、腹が立つ代わりに笑いが込み上げるだろう。慇懃な態度を装いながら内心せせら笑ってやるだけで胸がすく。

仕返しの夢想にふけっていると、部屋の用意が整ったとシルヴィアが呼びにきた。

「もうしばらく付き添っていることにしますので、どうぞ階下へ戻ってください。女主人が不在では客が不安に思う」

「では、困ったことがあったら呼び鈴を鳴らして。すぐに召使が参りますから」

シルヴィアはそう言ってそそくさと部屋を出て行った。さっきから階下が気になる様子だったので当分は戻ってこないだろう。来るとすれば客たちを送り出した後だ。舞踏会がお開きになるのは通常夜明け近くだから、充分に時間はある。

アリシアは彼の手をしっかりと握りしめ、顔を紅潮させていた。半開きの唇は浅く忙しない呼吸を繰り返している。屈み込むと、彼女はとろんとした目つきでガブリエルを見上げた。

（……この女、発情してるのか？）

アリシアはエリオットに乱暴されたというが、実際には彼女のほうが泥酔したエリオットを誘惑したのかもしれない。既成事実を作って婚約に持ち込むために。そのほうがずっとありそうに思えた。だとしたらエリオットはとんだ間抜け野郎だ。

夢うつつのアリシアを組み敷きながら、ガブリエルはおかしくてたまらなかった。だが彼は気付かなかった。自分もまた不自然に情欲を掻き立てられていたことに。そして部屋を出て行ったシルヴィアがドアの隙間に耳を押し当て、扇の陰でほくそ笑んだことに。

そもそも未婚の男女をふたりきりにするなど不自然極まりないと気付くべきだったのだ。しかし彼の理性は気付かぬうちに麻痺していた。

シルヴィアは忍び笑いを噛み殺し、足どり軽くドアから離れた。もちろん邪魔するつもりなど毛頭なかった。

（——どういうことだ!?）

ガブリエルは混乱していた。アリシアは抵抗なく彼を受け入れたものの、明らかに未経験だったのだ。

苦痛と快感にきつく眉を寄せて喘いでいる女を、彼は唖然として見下ろした。

（エリオットと関係を持ったんじゃなかったのか？）

怒りが込み上げても勢いは止まらない。むしろ憤怒のせいでますます狂暴化した情欲に突き動かされるままガブリエルはアリシアの内奥に吐精した。

恍惚の余韻が収まるにつれ、アリシアにも理性が戻ってきた。うろたえる彼女に、ガブリエルは冷然と吐き捨てた。

「嘘だったんだな。エリオット王子に乱暴されて婚約したというのは」

青ざめ愕然とする彼女を見て、嘘をついていたのだと確信する。

「なるほど……。王子が泥酔しているのをさいわいと、つけ込んだわけだな。酔った勢いで暴行されたと。彼には記憶がなく、無実を証明する手立てがない」

「……そうよ」

開き直ったのか、アリシアはシーツをたぐりよせて裸身を隠しながら捨て鉢に頷いた。

「エリオットに言うのね」

「――いや、黙っていてもいい。すべて正直に話してくれれば協力しよう」

アリシアは疑わしげに彼を眺めた。

「婚約が解消されればあなたの妹が王子妃になれるのよ？　エリオットは未だにぞっこんなんだから」

「妹を王家に嫁がせる気はない」

「……わからないわ」

混乱して頭を振るアリシアを、彼は冷ややかに眺めた。

「ともかく私は妹をエリオット王子と結婚させたくないんだ。だから、あなたが王子と結婚してくれれば正直助かる」

「言わないでいてくれるの？」

「経緯をすべて話してくれれば」

「――いいわ」

アリシアは頷き、事の次第をあけすけに打ち明けた。話を聞いてガブリエルは呆れた溜め息を洩らした。

「そんな馬鹿げた嘘までついて、バレたらどうするつもりだったんだ？」

「流産したってことにすればいいじゃない。そうすれば女王陛下も余計にわたしを気の毒がってくれるでしょ？」

自分勝手な上に幼稚すぎるとガブリエルは呆れた。結婚して夫婦生活が始まれば何もなかったとすぐにバレるだろうに。野心家といっても結局は深窓の令嬢、何もわかっていなかったのだ。

「なのにエリオットったら子どもが生まれるまで同居しない、結婚式にも出ないって言い出したのよ。なんて諦めが悪いのかしら！」

挙式をしなくても法的には夫婦になれるが、王族の結婚で挙式なしなど前代未聞である。

「困ったわ。きちんと式を挙げないと王子妃として社交界に認められないじゃない」

悔しげに呟き、アリシアは子どもっぽく爪を噛んだ。やはり王家の一員として社交界に認められることが第一で、貞操については二の次らしい。

父が言っていたとおりだ。古くから王家に仕えた帯剣貴族である自分たちとは違う。どれほど爵位が高かろうと所詮は成り上がり。だからこそ、これほど執拗に王族に加わりたがる。

お里が知れると冷笑する一方で、この低俗な女をなんとしてもエリオットに背負わせてやろうと決意した。そう、自分の過ちの責任を取らせてやるのだ。

「……だったら今から妊娠すればいい」

復讐の暗い喜びを押し隠して囁くと、アリシアはぽかんとした。

「時期は多少ずれるが、一月や二月ならごまかせるんじゃないか」

意味を悟ったアリシアが顔を赤らめる。

「エリオット王子をどう籠絡するかは結婚してからゆっくり考えればいい。子どもが生まれれば今度こそ王子も観念して態度を改めるはずだ」

自分の子だと思い込んでいれば、あるいは。

「……そうね。そうだわ」

　アリシアは大きく頷き、上目づかいでガブリエルを窺い見る。ここぞとばかりに魅惑の笑みを浮かべると、たちまち彼女はとろんと目を潤ませた。

「協力してあげよう。あなたが王子妃になれるように」

「ええ……お願いするわ……」

　ふたりはふたたび身体を重ねた。律動を合わせながらアリシアは甘ったるく囁いた。

「前からあなたのこと……いいなって思ってたのよ……。エリオットなんかより、ずーっと大人っぽくて素敵だもの……。でも、絶対に王子のどちらかと結婚しろってお父様に言われてたから……」

「私でよければ、いつでもお相手をしてあげるよ」

「本当!?　嬉しい！」

　アリシアは嬌笑《きょうしょう》を上げてガブリエルに抱きついた。

「ああ、なんて素敵なの……！　王族になって、素敵な秘密の恋人も……欲しいものが全部手に入るのね……！」

　蔑みながら、ガブリエルは調子を合わせて睦言《むつごと》を囁いた。彼の心にあるのはアリシアに対する軽蔑と、エリオットへのゆがんだ復讐心だけだった。

† † †

エリオットは王都から届いた手紙を一読して、口の端に薄い笑みを浮かべた。首尾を知らせるシルヴィアからの手紙だ。

期待以上に順調に事は運んだ。アルヴィン邸で偶然にもあのふたりが来あわせてくれて実に幸運だった。おかげでお膳立てする手間が省けた。

シルヴィアに協力を頼むのは不本意だが、背に腹は代えられなかった。関係を持ったのは単なる成り行きで、恋愛感情を抱いたことは一度もない。彼女もまたちょっとした火遊びのつもりだったのだろう。別れ話にあっさり同意した。

きれいに別れられたせいか、かえってエリオットはシルヴィアに好感を抱き、時折お忍びで彼女の邸を訪れては軽い愚痴を聞いてもらったり、相談事などをするようになった。

協力する条件としてシルヴィアが要求したのは『自分の誘いを断らないこと』だった。色っぽい意味ではなく、社交の催しでの招待には必ず応じろということだ。それともうひとつ、『エインズリー伯爵夫人の誘いには絶対に応じないこと』も約束させられた。

ふたつの条件を承諾し、ロックハート公爵父娘の身勝手極まる言動や妹に対するガブリエルの異常なふるまいを明かすと、驚き呆れたシルヴィアは喜んで協力を承知してくれた。

手紙には用心して名前は書かれていないが、『彼』と『彼女』は頻繁に逢い引きを重ねているという。もちろんシルヴィアが手を貸しており、『彼』と『彼女』が運命に引き裂かれた気の毒な恋人たちだと思い込んでいる単純でお節介なご婦人――という役回りをけっこう楽しんでいるらしい。

さらに嘘も方便とばかりに、エリオットに手ひどく捨てられたような仄めかしをして、仕返しのために進んで協力しているように思わせるという念の入れようだ。

シルヴィアの評によれば『彼』は母親そっくりな鼻持ちならない気取り屋で、天井知らずに高慢ちきな『彼女』とは実にお似合いとのこと。辛辣なコメントに思わず笑ってしまった。

「――誰からのお便り？」

セラフィーナの声にエリオットは顔を上げ、手紙を素早く内ポケットにしまった。

「アルヴィンからだよ。定期的に王宮の様子を知らせてもらってるんだ」

「お兄様には知らせてくれたのよね？」

「納得はしていないが、母上や兄上に訴える気は今のところないみたいだよ」

頷いたセラフィーナが、ふと顎を上げた。空中の匂いを嗅ぐようなしぐさをする。

「何か匂う？」

「……ううん、なんでもないわ」

「じゃあ、散歩に行こうか」

セラフィーナは頷いてエリオットの腕を取った。

知らない香水の匂いがした。

アルヴィンからの手紙だと彼は言ったが、あの香りは男性が使うものとは思えない。

(女性からの手紙……？)

疑惑が頭をもたげる。水平線の彼方に現れた、不穏な黒雲のように。

(女王陛下からかもしれないじゃない)

そう考えると君主に対する恐れ多さが改めて込み上げた。

婚約者がいると知りながら王子に囲われている自分は糾弾されても仕方がない。エリオットは第二位の王位継承権を持つ身だ。恋に溺《おぼ》れてはいけないとたしなめ、潔く身を引くのが臣民としての筋というもの。

わかっていても側を離れられない。彼は一見、以前と同じ思慮深くも快活な青年のようだが、それはもはや上辺だけ。セラフィーナが去ったとたん、ひび割れた魂がたちまち瓦解してしまうのは目に見えている。

(……いいえ、そんなのただの言い訳ね)

ここにいるのはただ単に自分が離れたくないからだ。囚われているのは果たしてどちらなのか、そんなことはもうどうでもよかった。互いに捕らえ、囚われている。ただそれだけのこと――。

冷静に考えれば、こんな生活がいつまでも続くわけはなかった。夢のようなおとぎ話の世界。現実の風が吹けば脆《もろ》くも吹き飛んでしまう。だからこそ、今はここでまどろんでいたい。冷たい風に心地よい眠りを破られるまでは。

「寒いのかい？」

ぎゅっと腕を抱え込んでいると、エリオットが優しく気遣った。かぶりを振って頰を押し当てる。

「あたたかいわ、とっても」

彼は微笑み、空いたほうの手でセラフィーナの頰を撫でた。甘いくちづけに波立った心が静まってゆく。

森の小径を抜け、海を眺めながら断崖の上の草地を散歩するのがこのところの日課だった。何度か来るうちに海は西側だと気付いた。それで大体の位置は見当がついたが、あえて口には出さない。

ここは夢の国だから。迂闊なことを言えば魔法が解けてしまう。世間から隔絶した、ふたりだけの静かな暮らし。時折届けられる手紙だけが外界との接点だ。

不自由のない生活を送るのに必要最低限の使用人たち。みな寡黙《かもく》で余計なことは口にしない。セラフィーナのことを『お嬢様』と呼ぶけれど、実質的に奥方として接する。身の回りのことは以前と同様、スーザンに任せている。

スーザンは以前よりいくらか口数も増え、時に控え目な笑みを浮かべるようになった。家政婦や執事ともうまくやっているようだ。

このまま冬ごもりに入るのだろうと思っていた静かな生活に、ある日、思いがけない人物が加わった。仕立屋の女性がやってきたのだ。

リオノーラ・オードニーという二十歳そこそこの若い女性で、王都で有名な婦人服店でトップの助手として働いていた。ドレスのデザインを巡って女主人と喧嘩《けんか》になり、店を飛び出したという。

丸眼鏡をかけ、ちょっと上向きの鼻のまわりにそばかすが散っている。くせの強い赤毛を適当にねじってまとめただけなのがスーザンは気になるようで落ち着かなげだ。

エリオットは彼女を専属のドレスメーカーとして雇ったという。面食らうセラフィーナに、『きみに似合うドレスを作るためだよ』と彼はにっこりした。

さっそく採寸させてほしいと言われて女性だけで別室へ移動すると、メジャーを首にかけながらリオノーラは憤然と主張した。

「あたし、今の夜会服はもう古いと思うんですよね！」

断言されてきょとんと目を瞬く。

「そうなの……？」

「そうですとも。ずーっとオフショルダーが流行ってるじゃないですか。一択じゃつまんないですよ。もっとこう、新しいデザインを取り入れなきゃ。こんなんだからいつまでたってもイングルウッドはファーンリーの流行の二番煎《せん》じだって言われちゃうんです！　そろそろこっちから流行を発信してやらないと」

リオノーラは大判の紙挟みを広げ、自作のデザイン画をテーブルに並べた。

「前のお店でもそう言ってやったんですけど、女主人の頭がどうにも固くって。あたしのこと、所詮田舎者って馬鹿にするんですよ。そりゃー確かに農村の出ですけどね！　そんなわけで罵り合いの摑み合いになったもんだから、とっとと追ん出てやりました」

少し訛《なま》りのある口調でリオノーラはあっけらかんと言った。並べられたデザイン画は確かに見たことのないものばかりだが、斬新でお洒落に思える。

ふと、気付いた。彼女のデザインは肩が覆われているものがほとんどだ。無意識に眉をひそめると、リオノーラは少し緊張した面持ちで咳払いをした。

「えぇと、気に障ったらごめんなさい。殿下からお聞きしてます。その……肩のことは。別に、無理に流行に合わせることはないし、女性なら誰でも自分を最も美しく魅せるドレスを着るべきだと思うんです。お嬢様の美しさを引き立てるドレスをデザインさせていただけませんか。今流行のドレスを着られないからって引きこもっちゃうのはあまりにもったいないです！」

リオノーラの熱意のこもった主張に、側で聞いていたスーザンが大きく頷く。

「そうですわ、お嬢様。仕立屋さんの言うとおりです。素敵なドレスをデザインしてもらいましょう」

「一度傷痕を見せていただけませんか。それがわからないことにはデザインのしようがありません」

真剣な申し出に、セラフィーナは観念して頷いた。

「……いいわ」

スーザンの手を借りてデイ・ドレスを脱ぎ、シュミーズ姿になる。リオノーラは真剣な顔で様々な角度から傷痕を確認し、スケッチブックに描き込んだ。

「じゃ、寸法も測りますね」

メジャーをあちこちに当てられ、すべて計測される。ドレスを仕立てるのは久しぶりで緊張した。

「お嬢様は撫で肩ぎみだから、確かにオフショルダーだと肩のラインが映えてすっごく優美なんですけど……お顔立ちがおとなしめだから、ちょっとなよっとした感じに見えちゃいますね」

「なよ……？」

「えぇと、弱々しげと言うか、頼りなげに見えるってことです。そういう女性を好む男性にアピールするにはいいかもしれませんけど。殿下もそうなんですかね？」

「どうかしら……」

「ともかくお嬢様が一番美しく見えるドレスを、と申しつかってますし。あたしとしては、もうちょっと主張のあるドレスのほうがお嬢様の美しさが引き立つと思いますね。大体すぐ気絶するような、なよなよした女性はどうかと思うんですよ。殿方の気を惹くための演技かもしれませんけど。それともコルセットの締めすぎによる呼吸困難ですかね？」

思わずセラフィーナは噴き出してしまった。

「……エリオットは、なよなよした女性はあまり好まないと思うわ」

そう言って、ふと胸を衝かれる。傷を負ってからの自分は彼が好きになってくれた自分とはかけ離れていたはず。それなのに、彼は以前と変わらず愛してくれた。受け入れて、抱きしめてくれただけでなく、自信を取り戻させようと心を砕いてくれる。

「……わたしに似合うドレスを作ってもらえる？」

リオノーラは顔を輝かせて頷いた。

「もちろんです！　お嬢様を流行の最先端にしてみせますよ！」

それはいいけど……と苦笑しつつ、セラフィーナは久し振りに心が浮き立つのを感じていた。

リオノーラの登場で、うとうととまどろんでいた館に活気が生まれた。それは確かに新しい風ではあったが、恐れていた凍える突風ではなかった。

むしろ彼女の登場は心地よいそよ風となって、夢に埋没するあまり世間のことにまったく無関心になっていたセラフィーナが現実感を取り戻すきっかけを作ってくれた。

以前の、黄昏のような静けさに満ちた館もとても居心地がよかったけれど。それは暖炉の側で日がな一日まどろんでいるような感覚だった。

今は違った光が射し込んでいるのを感じる。エリオットは変わらず側にいてくれて、愛に包まれていることをいつでも実感できた。夜毎官能をわかち合い、身も心もひとつになる悦びに浸った。

そうしてセラフィーナの精神は少しずつ健全さを取り戻していった。かつての無邪気な少女には戻れないとしても、すべてに絶望し、薄暗がりで身体を丸めていたあの頃に比べれば気持ちはずっと晴れやかだ。

現実と向き合う準備が、やっとできたのかもしれない。

エリオットは時折王都へ戻っている。彼が王族としての責務を投げ出さないでくれてよかった。彼に愛されてとても幸せだが、自分のせいで彼が女王や王太子の不興を買っては申し訳ない。

自分が王家の人々に嫌われるのは仕方のないことだと覚悟している。エリオットと離れられない以上、非難に耐えるほかないのだ。きっと耐えられるはず。彼が愛しているのは自分なのだという確信さえあれば。

リオノーラが仕立てる新しいドレスも少しずつ増えていた。布地はエリオットが王都へ出向いた際に買い付けてくる。リオノーラはデザインも縫製もひとりでこなせるが、スーザンも裁縫が得意なので手伝った。

怪我をして以来、昼も夜も襟の詰まった服ばかり着ていたが、傷痕を覆いながらも不自然に見えないドレスをリオノーラがデザインしてくれたので晩餐に思いきって胸元の開いたドレスを着てみた。肩は傷痕が見えないぎりぎりのところでふんわりとふくらみを持たせ、レースをあしらってある。胸元はすっきりした台形を少しだけカットして立体感を持たせ、デコルテを美しく見せるよう仕立ててあった。

どのドレスを着てもエリオットは目を輝かせ、言葉を尽くして褒めちぎった。リオノーラも褒められて嬉しそうだ。しかしこのドレスを着て人前に出ることがあるとはどうしても思えなくて、彼女に対して申し訳ない気持ちになった。

十二月に入ると、急にエリオットは引っ越そうと言い出した。王都近郊に住まいが用意できたという。彼が近頃よく王都に行っていたのはその準備のためだったらしい。

この館はもともと夏の別荘として建てられたもので、本格的な冬になるとちょっと寒すぎる。王都に行くのは気が進まなかったが、ここが王都からかなり遠いことはうすうす感じていた。エリオットの都合を考えれば、もっと王都に近いほうがいいに決まっている。

季節がよくなったらまたこっちへ移ろう、と言われてセラフィーナは頷いた。

新居は王都の北西で、木立に囲まれた静かな場所だった。森を横切る街道から脇道に入って少し進んだ先にあり、外観はやや古めかしいものの内装をやり直して快適な住まいになっている。

エリオットは最初からセラフィーナをここへ連れてくるつもりだったが、改装が間に合わず、アルヴィンが知人から借りた別荘《ヴィラ》を又借りしていたのだった。

ここも名義は別人だが、実質的にはエリオットの持ち物だとのこと。王宮へは馬車で二時間ほどだという。たまに出かけるにはほどよい距離だ。

以前の館で雇っていた使用人も住み込みの者は全員連れてきた。住む場所が変わっただけで、生活自体はさほど変化はない。

ただ、海から遠くなったのは少し残念だった。森を抜けて海沿いを散歩するのがとても気に入っていたのだ。また夏に行く機会を楽しみにしよう。

日はどんどん短くなり、冬至祭が近づいてきたある日のこと。エリオットが突然、ふたりだけで新人舞踏会《デビュタント・バル》をやらないかと提案した。

「ずっと引っかかってたんだ。いつか絶対やり直そうと思ってた」

エリオットの熱意に押されて承知したものの、これを着てほしいと差し出されたドレスを見て絶句した。それはかつてセラフィーナが新人舞踏会《デビュタント・バル》で着るために用意されたものとそっくりだった。

いや、そっくりではなくそのものだ。どのように手を回したのか、エリオットは死蔵されていたそのドレスを手に入れていた。

「厭かもしれないけど、僕のために着てくれないか」

真剣な表情で懇願されてためらう。正直、今さらどうして……という気持ちだった。傷痕が見えないデザインのドレスを何着も作らせておきながら、何故わざわざこれを着せようとするのか。

だが、セラフィーナは頷いた。彼には傷痕を隠さないと決めたのだから。

「いいわ。でも、他の人には見られたくない」

「わかってるよ。きみの傷痕を見ていいのは僕だけだ」

そう言って微笑む彼の瞳に、妖美な光が揺らめいた。

エリオットは王都から室内楽団を呼んできて、隣室で演奏させた。舞踏会場となる小広間は温室で栽培された花々で美しく飾りつけられ、本来五月に行われる新人舞踏会《デビュタント・バル》の華やかな雰囲気を再現している。

クリスタルのシャンデリアにはふんだんに蠟燭が灯されて眩しいほどだが、室内にいるのは正装したエリオットとセラフィーナのふたりだけだ。

テイルコートに白い蝶ネクタイをしたエリオットに微笑みかけられると、にわかに鼓動が高まった。

まるであの頃に戻ったみたい。幸せな未来を無邪気に信じていられたあの頃。

ふたりきりでワルツを踊った。大きく肩の開いたドレスは厭でも傷痕が視界に入ってしまう。必死に目を逸らしていると、エリオットが踊りながら傷痕をじっと見ていることに気付いた。見ないふりをするのではなく、逆に注視している。

その目つきは異様な熱をおび、憑かれたように傷痕を凝視していた。ベッドで睦み合うときと同じように。そのことに気付くと、セラフィーナは痺れるような官能的な疼きに襲われた。

「……きみは美しい。セラフィーナ、この傷痕があるからこそきみは僕にとって誰より美しい人なんだ。永遠に……」

エリオットはセラフィーナの傷痕に執着している。それが聖なる呪物であるかのように、いつも崇拝のまなざしでうっとりと見つめるのだ。

彼がこの傷痕を崇高な愛の証であると心の底から信じていることを理解するにつれ、セラフィーナもまた自分の傷痕にある種の誇らしさを感じるようになっていた。

彼に対する愛と忠誠を、この身に刻んだのだ。永遠に消えることのない愛の印を。

この傷痕を見て、人は眉をひそめるだろう。可哀相だと思うかもしれない。自分もかつてはそうだった。自らを嫌悪しながら哀れんでいた。

でも今は違う。消えない傷痕と引き替えに、エリオットの心を永遠に我がものとした。厭わしい傷痕は誇るべきものへと変わったのだ。

「傷痕を誰にも見せてはいけないよ。この傷は僕だけのものなんだから」

優雅にステップを踏みながら囁かれ、セラフィーナはうっとりと頷いた。

「絶対誰にも見せないわ。……そのために、新しいドレスを作ってくれたのね？」

「そうだよ。きみの傷を見ていいのは僕だけだ。他の誰にも見せるものか」

独占欲を隠そうともしない声音に、ぞくぞくするような悦びが込み上げた。彼はセラフィーナのために新しい流行を生み出そうとしている。傷痕を気にせずどこへでも行けるように。

人は彼を思いやり深い、優しい人だと讃えるだろう。でもセラフィーナは気付いていた。間違いなくエリオットは思いやり深く優しい人だが、この傷痕を人目から隠そうとするのはけっして思いやりからではない。

彼はこの傷を独占したいのだ。セラフィーナ自身を監禁する代わりに傷痕を閉じ込めることで、どこかいびつな独占欲を満たしている。

実際には今だって半ば監禁されているようなもの。それでも彼はけっして翼を折ろうとはしない。代わりにこの鳥籠を居心地よく整えようと懸命に意を注ぐ。そこが兄とは決定的に異なる点だ。

ガブリエルは妹の心を砕き、生きる意欲を根こそぎ奪い取ることで留め置こうとした。彼にとって妹は好き勝手に操れる人形《マリオネット》でしかない。

エリオットはセラフィーナの心を引き留めようと、なりふりかまわず足掻く。側にいてほしいと跪き、身も世もなく懇願する。自主的に出て行くのなら止めないと言いながら、セラフィーナが去れば死ぬと本気で口にする。

そのどれもが彼の真情であり、それゆえに彼の心は絶え間なく引き裂かれている。一途で純粋だった魂をずたずたにされ、七転八倒の苦しみを日々味わっているのだ。

彼が負った心の傷は、もしかしたら自分よりも遥かに入り組んで根の深いものなのかもしれない。そう思うと彼を抱きしめたくてたまらなくなる。

大丈夫、ずっと側にいるから。

「……エリオット。あなたを愛してる」

囁いて彼の胸にこめかみを押し当てる。彼が愛おしい。哀しいくらいに。

(引き離されたら生きていけないのは、わたしも同じ)

理性的な部分では、未だ執拗に囁く声がある。『傷物』の自分はこの国の王子にふさわしいとは思えない、と。その声が聞こえなくなることは、おそらくないのだろう。根深く刷り込まれた価値観を変えるのは容易なことではない。

彼の唇が、そっと額に落ちた。

「愛してるよ、セラフィーナ。必ずきみを妻にする」

「……いいのよ。あなたの側にいられれば、わたしはそれで」

「よくはない。僕はきみを正式な妻にしたいんだ」

エリオットは足を止め、真剣にセラフィーナの瞳を覗き込んだ。

「ヒル・アベイの川辺できみは話してくれたじゃないか。結婚したら家族が仲よく暮らすあたたかな家庭を築きたいって。僕も同感だと言っただろう？」

セラフィーナは目を瞠った。確かにそんなことを言った。世間知らずな少女の、甘ったるい夢物語。まさかそれを覚えていてくれたなんて。

「エリオット――」

「大切なきみを日陰者になどするものか。僕らは腕を組んで堂々と人前に出てやるんだ。そのために新しいドレスをデザインさせた。きみが人目を気にせずに済むだけでなく、皆がきみの美しさを称賛するだろう。そして僕は、きみの愛の証を独占できる」

彼は不敵さと無邪気さの入り交じる笑みを浮かべ、愛おしそうにセラフィーナを抱きし

めた。

「そのためにリオノーラ嬢をきみの専属ドレスメーカーとして雇ったんだ。彼女はこれまでとは違う新しい感性を持っている。きっと注目を集めるだろう。自分の基準に合わないというだけで実の娘を冷酷に貶めたレディ・エインズリーを、社交界から追放してやるんだ」

「エリオット、お母様のことは、わたしもうなんとも——」

ふいに扉が忙しなく敲《たた》かれる。眉をひそめたエリオットがまだ応答もしないうちに勝手に扉が開き、アルヴィンが現れた。エリオットはさっとセラフィーナを背後に隠して彼を睨んだ。

「誰も招待してないぞ」

「申し訳ないが緊急事態でして」

アルヴィンは早口で言い、エリオットの肩越しに顔を覗かせたセラフィーナに目礼した。

「なんだ、いったい」

「別室で話そう」

ぴくりとエリオットは眉を動かし、仕方なさそうに嘆息した。

「わかったよ。先に書斎に行っててくれ」

アルヴィンが出て行くと彼は隣室へ続く戸口へ行き、楽団に曲を変えるよう命じた。少し間を置いて、バロック風の軽やかな協奏曲が聞こえてくる。

「すぐに済ませるから、少し待っててくれ」

頷いたセラフィーナの頬にキスして彼は小広間を出て行った。

壁際に避けられていた長椅子に一旦は腰を下ろしたものの、喉の渇きを覚え、マントルピースの上に用意されていたシャンパンを飲む。

（緊急事態って何かしら）

国事に関わること？　それとも――。

もしや婚約者のことでは……と思いつき、セラフィーナは急に落ち着かない気分になった。彼の愛に包まれて暮らしているとつい忘れそうになるが、エリオットは別の女性と婚約しているのだ。

ロックハート公爵令嬢、レディ・アリシア。エリオットの従妹で女王の覚えもめでたい女性だ。文句のつけようのない、理想的な組み合わせ。

しかも女王陛下おん自らの肝煎《きもい》りだと聞いた。絶対に破談にするとエリオットは言いきっているが、そんなことが本当に可能なのだろうか。

ふいに恐ろしいほどの現実感に襲われ、セラフィーナは気を紛らわすようにそわそわと室内を歩き回った。一度気になると、それ以外の可能性に思い至らなくなってしまう。考えまいとしながら実はずっと気に病んでいたのだと痛感した。

セラフィーナは音楽にまぎれて足音を忍ばせ、そっと部屋を抜け出した。

(何を話しているのか確かめるだけ)

国事に関することならすぐに立ち去る。そうでなければ――。

鳥肌が立ち、ぶるっとかぶりを振る。

(ううん、きっと政治向きの話だわ。そうに決まってる)

アルヴィンが訪ねてきても取り次がないようエリオットは執事に命じていた。それを押して通ってきたのだから政治絡みの話に違いない。それはそれで気になるけれど、後でエリオットに訊けばいい。とにかく、そうでないことを確かめたくて、セラフィーナは書斎へ足を向けた。

途中で誰かと行き会ったら引き返すつもりだったが、誰にも会わなかった。楽団の演奏する音楽は厚い扉に遮られてずっと小さくなっている。

暖炉で暖められた室内と違って廊下は冷え冷えとしていた。今は五月ではなく十二月なのだと思い出し、心に隙間風が吹き込んだような心持ちになる。

どうしてこうもすぐに夢は覚めてしまうのだろう。現実はいつだって容赦なくセラフィーナを打ちのめす。幸せに浸っていられるのはただエリオットに抱きしめられているときだけ。だから離れられない。

幸か不幸か、書斎の扉は完全には閉まっていなかった。わずかな隙間があって、室内で交わされる会話が低く洩れ聞こえてくる。

「……示し合わせた上での嘘じゃなかったのか？」

エリオットの皮肉な声音に興味を惹かれ、耳を澄ませる。アルヴィンが答えた。

「公爵はすっかり取り乱して、一刻も早く式を挙げさせろと陛下に迫っています。あまりの剣幕に陛下もいささか訝しく思われたようで……。事が事だけに、すぐに殿下を連れてくるよう厳命されまして」

くくっ、とエリオットが低く含み笑った。

「嘘が真になって焦っているわけか。ふん、自業自得さ」

「とにかく腹が目立ってくる前に結婚させたい一心ですね」

アルヴィンの言葉にセラフィーナは眉をひそめた。

（お腹が目立つ……？）

ハッとしてにわかに頭に血が上った。

妊娠している。誰が？　もちろん、レディ・アリシアに決まってる……！

急にふたりの会話が遠くなった。

アリシアが妊娠している。——ああ、そうか。だから女王は急いでふたりを婚約させたのだ。エリオットが彼女とあやまちを犯したから。

いや、それは果たして本当にあやまちだったのか。アルヴィンは『腹が目立ってくる前に』と言った。ということは、まだ端《はた》からは妊娠がわからない状態のはず。妊娠に関してセラフィーナには漠然とした知識しかないが、五か月目くらいからだんだんと目立ち始めるのではなかっただろうか。

頭がぐらぐらして考えがまとまらない。足元がふらつき、セラフィーナはぐったりと壁にもたれかかった。

（嘘……だったの……？）

すべてまやかしだった。甘い言葉も情熱的な愛撫も。

セラフィーナを妻にすると言いながら、そんな気はなかったのだ。母女王のお気に入りの娘と結婚して恭順の意を示す一方、セラフィーナを手放したくないから愛人として囲っておく。

さっさと跡取りを儲け、義務は果たしたと愛人と気ままに暮らすつもりだったのか。

そんな虫のいい考えをセラフィーナが受け入れると思っていたのだとしたら……何よりそれがショックだった。都合よく扱ってかまわないと考えているなら、妹の心をへし折って縛りつけようとしたガブリエルと何も変わらない。

扉が開いてアルヴィンが出てきた。彼は外開きの扉の陰になっていたセラフィーナには気付かず、足早に廊下の角を曲がって消えた。

しばらく放心していたセラフィーナは、よろよろと身を起こすとドアノブを摑んだ。

「まだ何か──」

アルヴィンが戻ってきたと思ったのか、面倒くさそうに顔を上げたエリオットが目を丸くする。

「どうしたんだ？　真っ青じゃないか。何かあったのか？」

彼は即座に席を立ち、大股で歩み寄った。握られた手を反射的に振りほどくと彼はぽかんとした。

「セラフィーナ？」

「……二股をかけていたのね」

「なんだって？」

「わたしとレディ・アリシアと、二股をかけてたんでしょう……!?」

彼は唖然としてセラフィーナを見つめ、困惑の溜め息を洩らした。

「聞いてたのか」

「恥知らず！　レディ・アリシアを妊娠させておきながら、わたしと結婚するなんてよくも言えたものだわ。お兄様を非難したくせに、都合よく人を扱ってるのはあなたも同じじゃないの……っ」

「待ってくれ、セラフィーナ。話をちゃ、ん、と、聞いてたか？」

「聞いてたわよ！　ロックハート公爵が怒って、早く式を挙げろと息巻いてるんでしょ!?

当然だわ。貴族の娘が挙式前に妊娠なんて――」

言葉に詰まり、セラフィーナは喘いだ。そう、自分だってすでに妊娠しているかもしれない。もう何度も身体を繋げている。彼は一度もためらうことなくセラフィーナの胎《はら》に精を注いできた。

つまり、彼はそういう人だったのだ。自分勝手で無責任で、何をしても許されると思ってる。

「……結局あなたも傲慢な王族だったというわけね」

自嘲的な気分で吐き捨てると、エリオットはムッとした顔になった。

「きみこそ結局僕を信じてないんだな。だったら証明してやる」

彼は書き物机に引き返すと抽斗を乱暴に開け、中から拳銃を摑み出した。ぎょっとしたが、どうにか踏みとどまって彼を睨む。

「またそうやって脅せばわたしが折れると思ってるのね。やっぱりあなたは勝手な人だわ！」

「脅しじゃない。きみに信じてもらえないなら生きる意味などないからね。少なくともきみの目の前で死ねば、僕は永遠にきみのものになれるはずだ」

「な、何を言ってるのよ……!?」

たじろぐセラフィーナに歩み寄ると、彼はいきなり拳銃を握らせた。その上から自分の手をかぶせ、引き金に指をかける。

「ちょ……何するの……!?」

「僕の最後の願いだ。きみの手で殺してほしい」

「やめ……っ」

必死に振りほどこうとしたが、はずみで引き金を引いてしまうのではと恐ろしくて身体がこわばる。

「大丈夫さ。実際に引き金を引くのは僕なんだから。きみに捨てられて傷心のあまり自殺したってことになる」

「馬鹿なこと言わないで！」

「誤解されないように目撃者を呼んでおいたほうがいいな」

彼は大声で執事を呼ばわった。

「やめて、エリオット！　身勝手にもほどがあるわ！」

「きみのいない世界になんか生きていたくないんだよ。それくらいならきみの手で葬ってくれ。そうすれば僕はきみだけのものになれる。この世から消え去ることで、僕の存在はきみの心に深く深く刻まれるんだ。――ああ、きみの言うとおりだよ。僕はものすごく自分勝手だ。この傷痕よりももっと深く傷を刻みたいと思ってる。きみの心に、きみの魂に。未来永劫《えいごう》消えない傷を」

「やめ……っ」

蒼白になってセラフィーナは震えた。彼の心が崩壊していくのが、ありありと見えるようだった。こうなることはわかっていたはず。自分が抱きしめていなければ、彼の精神はすぐにでも瓦解してしまうのだと――。

彼は微笑んで銃口を心臓に押し当てた。

「命をかけて誓うよ。きみを裏切ったことは一度もない。いつだって忠誠を尽くしていたことを証明する。僕はね……きみが安らげる居心地のいい鳥籠を作ろうと思ってたんだ。でも、扉に鍵をかける気はなかった。きみの意志で留まってほしかったから。僕が欲しいのは真実の愛であって、同情じゃない。だからきみはいつだって出て行ける。でもね、残念ながら僕は空の鳥籠を抱いて生きていけるほど強くはないんだよ……。きみという存在に縛られていたいんだ。ずっとずっと、永遠に」

彼は低く喉を鳴らすように笑った。

「……おかしいね。たぶん僕は……狂ってるんだろう。きみを尊重したいのに、独占したくてたまらない。ごめん……ごめんよ、セラフィーナ。苦しめてることはわかってる。だけど、どうしても、きみの不在に耐えられないんだ……」

詫びながら彼は泣いていた。セラフィーナは呆然と彼を見つめていた。こわばっていた腕から力が抜ける。すると彼の力も抜けて拳銃はごとりと床に落ちた。

「……馬鹿な人」

　セラフィーナは呟き、彼をぎゅっと抱きしめた。

「あなたほどの人なら、もっと要領よく、抜け目なく生きていけるはずじゃないの。陛下のお気に入りの女性と結婚して、わたしを諦めきれないなら愛人として囲うのよ。わたしが怒っても、反発しても……なだめて、おだてて、機嫌を取って自分に都合よく持っていくの。それくらい、あなたなら難なくできるはずでしょう？」

「ひどいな……。僕をそんな悪辣な男だと思ってたのか」

　だらりと腕を垂らしたまま彼は呻いた。

「そんな人なら迷うことなく嫌いになれたのにって思ってる」

　エリオットの手が剝き出しの肩にかかり、ためらいがちにそっと撫でた。

「信じてくれ。僕はアリシアに手出しはしていない。本当に何もなかったんだ。彼女は泥酔した僕に乱暴されたと主張してる。でもね……僕は相手をするのが面倒だから酔って寝ているふりをしただけで、彼女が父親とひそひそ話してたことは全部聞いてたんだよ」

「何を話していたの？」

「酔った僕に手込めにされたことにしろ、と」

　啞然としてセラフィーナは彼を見返した。

「……ロックハート公爵がそう言ったの？」

エリオットは頷き、そのときのことを詳しく話してくれた。

「もちろん、その後も彼女には指一本触れていない。というか、半径三メートル以内に近づいたこともない」

彼は生真面目な顔で断言した。

「でも……レディ・アリシアは妊娠してるのよね？　その、本当に……」

「父親は僕じゃないよ。アリシアは結婚を確実にしようと、妊娠したと嘘をついた。結婚後に勘違いだったとかなんとかごまかすつもりで。ところが、子どもが生まれないうちは同居しないと僕が断固主張したものだから困って別の男と通じたんだ」

「で、でもそんなこと……そこまでする……!?」

「するさ、彼女なら。きみには理解できないだろうけど、アリシアは王族に加わるためならなりふりかまわない女だ。もともと狙ってたのは兄のほうなんだよ」

「王太子殿下を？」

「兄はファーンリーの王女と婚約してしまったから、次善の策で僕を標的にしたんだ」

セラフィーナはますます唖然とした。確かにそこまでの執着心は理解しがたい。

「もともとは公爵の望みだったんだと思う。彼は亡くなった僕の父が実質的に国政を動かしていたと思い込んでる。女王なんぞ、ただのお飾りだと」

「なんて無礼な！」

思わず憤慨するとエリオットはかすかに笑った。

「確かに父は母に助言していたし、母も父を頼りにしていた。父はあくまで補佐に徹していたが、公爵は父が実質的な国王だったと勘違いしているんだ。自分に都合よく、ね。そして父が亡くなった以上、自分がその地位に就くべきだと。しかし王配にはなれないから、娘を王族に嫁がせることで外戚としての発言力を強めようとした。亡くなった王配の弟よりも、現役の王子妃の父のほうが発言権は強い。王太子妃にし損ねたからには、第二王子は絶対に逃せない。どんな手段を使おうとも。アリシアが王族に加わりたがるのはもちろん父親の強い影響を受けたせいもあるだろうが、今や完全に彼女自身の野望だよ。あの驕《きょう》慢《まん》さは、それこそ筋金入りだ」

エリオットは溜め息をつき、真剣にセラフィーナを見つめた。

「これが事実だ。信じてくれる……？」

セラフィーナもまた彼の目をまっすぐに見つめて頷いた。

「わかったわ。あなたを信じる。でも、潔白ならどうしてすぐ陛下に言わなかったの？記憶がないふりをして婚約を受け入れたわけでしょう？」

「あのとき言ったのでは効果が薄いと思ったんだ」

「効果？」

「ああ。この際、公爵たちを王宮から徹底的に追い払いたい。いつまでも親戚面をしてのさばられたのでは、いずれ兄が王位を継いだ後まで面倒が残る。今のうちにけりを付けておきたかった。そのせいできみにつらい思いをさせたのは本当に悪かったと思ってる」

エリオットは眉根を寄せ、セラフィーナの手を取って唇を押し当てた。

「これも勝手な言い分というか……自己満足に過ぎないのかもしれないけど。誰も僕を責めないのが不満だったんだ。きみが傷を負ったのは僕のせいなのに……。だからせめて自分の経歴に大きな傷をつけてやれと思ったんだ。破談になれば僕も同じく恥を掻くことになるから……。ついでに僕に犬をけしかけ、結果的にきみを傷つけた犯人にも仕返ししてやりたくてね」

「誰なの、それは!?」

彼は眉をひそめてためらった。

「信じられないだろうけど——」

「セラフィーナ！」

急に背後から名前を呼ばれ、反射的に振り向く。そこにはガブリエルが憤怒と憎悪にゆがんだ顔をして立っていた。その手に拳銃を持ち、まっすぐに銃口をこちらに向けて。

咄嗟にエリオットがセラフィーナを背後に庇う。ガブリエルは唇の両端を吊り上げ、悪魔のごとく嗤いながら引き金を引いた。

銃声が響き、エリオットの身体ががくんと揺れる。たたらを踏んだかと思うと彼はドサりと床にくずおれた。

唖然としていたセラフィーナの喉から悲鳴が迸った。

「エリオット――！」

第七章　蠱惑《こわく》の絆《きずな》

ガブリエルは素早く扉を閉め、倒れ伏したエリオットに取りすがるセラフィーナを強引に引き起こした。

「いやぁっ、エリオット！」

彼は舌打ちをすると、遮二無二暴れる妹を乱暴に突き飛ばし、ぴくりともしないエリオットの右手にまだ硝煙《しょうえん》を上げている拳銃を握らせた。

「これでいい。王子は自殺したんだ。別れ話がもつれた挙げ句、絶望して自らの心臓を撃ち抜いた。わかったな？」

「何言ってるの!?　どうしてこんな……っ。エリオット、エリオット……いやぁあっ」

床に尻餅をついたセラフィーナは、這うように彼にすがりつき、泣きながら揺さぶった。

「さっさと来るんだ！　馬を待たせてある」

「厭！　わたしは行かない！　絶対行かないわ！」

拒絶されたガブリエルは癇癪《かんしゃく》を爆発させた。

「こいつはおまえを連れ去った上、汚い手口で私を嵌めたんだぞ!?」

「嵌めた……？」

「姑息《こそく》な手段を弄し、気に食わない婚約者を私に押しつけようとした」

「押しつける……？　――まさかレディ・アリシアを妊娠させたのって……!?」

信じられない思いで見つめると、兄の美麗な顔が醜悪にゆがんだ。

「どうしても子どもが必要だというから協力してやっただけだが、今の話で腑に落ちた。こいつは最初から私を嵌める気で、悪辣なお膳立てをしてたんだ。……そう、よく考えればいろいろと奇怪《おかし》な点はあった。……ふん。すっかり騙されたよ。のほほんとした甘ったれの次男坊と見くびっていたら、とんだ嘘つき狐《ぎつね》だったわけだ」

侮蔑の口調にセラフィーナはカッとなった。

「嘘つきはお兄様よ！　お見舞いに来てくれたエリオットを、わたしが拒否してるなんて大嘘ついて追い返したんでしょ!?　彼がくれたお花や手紙も握り潰して……っ」

「おまえを守るためだ。生まれたときからおまえは私のものなんだ。自分のものを奪われないように守るのは当然じゃないか」

「何……言ってるの……!?　わたしはお兄様のものじゃないわ！」

「いいや、私のものだ。おまえが生まれたとき、そう決めた」

腕を掴むガブリエルの手に異様な力がこもる。彼はセラフィーナの剝き出しの肩を見て嫌悪もあらわに顔をしかめた。

「こんな醜い傷痕を平気で晒して……。恥を知れ。何度も言ったはずだぞ。おまえはもう夜会服なんか着られる身体じゃないんだ。まだわからないとは鈍いにもほどがある。いいか、こうなったのもこいつのせいなんだからな」

「彼のせいじゃないわ！」

「いいや、こいつがおとなしく襲われていれば万事うまくいったんだ。こいつを追い払うために犬を放ったのに、おまえが庇ったりするからこんなことになったんだぞ。みんなこいつのせいだ。私からおまえを奪おうとするから悪いんだっ……」

セラフィーナは虚を衝かれ、こめかみに青い癇癪筋を浮かべる兄を見た。

「何……それ……？　まさか……お兄様が犬をけしかけたの……？」

ガブリエルの口端にゆがんだ笑みが浮かんだ。

「ちょっとした脅しだ。どうせすぐにお付きの者が駆けつけるだろうし、少しばかり怪我をして出歩けなくなれば充分だった。死んでくれても一向にかまわなかったがね」

無造作な口調に啞然とする。

「か……彼はこの国の王子なのよ!?」

「どうせ予備《スペア》だ。むしろいないほうが王太子殿下のためになる。不甲斐ない弟に御心を煩わされずに済むからな。それが、おまえが邪魔したせいでこんな面倒なことになってしまった。全部おまえのためにしたことなのに、どうしてわからないんだ」

「わたしのため……ですって……？」

兄の言っていることが理解できない。妹の恋人に犬をけしかけ、傷ついた妹に嘘をついて慰めるふりをしながら、さらに傷を抉る言葉をかけ続け、絶望と無力感を抱かせて――。

それを、おまえのためにしたのだと平然とうそぶく。

「さぁ、さっさと来るんだ。これ以上手間をかけさせるな」

ぎりっと奥歯を噛みしめ、セラフィーナは全力で兄の手を振り払った。

「触らないで！　お兄様は異常よ。どうかしてるわ。わたしの大切な人を傷つけようとするなんて……絶対許さないいんだから……っ」

「黙れ！」

「――黙るのはおまえだ」

ふいに低い声音が響く。次の瞬間、素早く身を起こしたエリオットがセラフィーナの腕を掴んで跪いていたガブリエルの眉間に銃口を押し当てていた。

「エ……リオッ……ト……？」

ぽかんとセラフィーナは彼を見つめた。

死んだのではなかったの……？

ガブリエルもまた、身動きできずに固まっている。

「何故……確かに心臓に命中したはずだぞ……」

「ああ、いい腕だ。よほど練習したらしいな。だが今回もセラフィーナが守ってくれた」

エリオットは口の端を片方だけ吊り上げ、穴が空いたテイルコートの胸部を指の関節で叩いた。金属質の硬い音がする。抜かりなくガブリエルに銃口を押し当てたまま、エリオットは目を瞠って呆然としているセラフィーナに苦笑した。

「嗅ぎ煙草入れだよ」

「…………！」

そのときになって、セラフィーナはようやく思い出した。彼にプレゼントしようと買ったアンティークの銀の嗅ぎ煙草入れのことを。事故の後は思い出すこともなく、買ったことすらすっかり忘れていた。

部屋の扉を激しく叩く音がした。

「エリオット!?　どうしたんだ、無事なのか!?」

アルヴィンの声だ。エリオットはガブリエルに視線を据えたまま言った。

「セラフィーナ、ドアを開けてくれないか？　馬鹿力で蹴り開けられたら修理が面倒だ」

急いでドアに駆け寄り、鍵を回す。血相を変えて飛び込んできたアルヴィンは、床に座り込んでガブリエルの額に銃口を押し当てているエリオットと、中途半端な体勢で跪いて蒼白になっているガブリエルの姿に啞然とした。

「……何があった？」

「危うくこの男に撃ち殺されるところだった。縛り上げて王宮に連行してくれ」

アルヴィンは騒ぎを聞きつけてやってきた従僕《フットマン》にロープを持ってこさせ、ガブリエルを後ろ手に固く縛り上げた。彼らが出て行くと、エリオットは銃の安全装置をかけ、大きく嘆息した。

「やれやれ。一瞬、本気でやばいと思ったぞ……。――っと」

いきなりセラフィーナに抱きつかれ、エリオットが目を瞠る。

「し……死んじゃったかと思ったわ……！」

「大丈夫だよ。すごい衝撃だったけど、嗅ぎ煙草入れで弾が止まった」

内ポケットから取り出した銀の嗅ぎ煙草入れには弾丸がめり込み、その勢いで裏面まで変形していた。弾が突き抜けなかったことに心底安堵する。中に煙草がぎっしり詰まっていたのも威力を減殺する助けになったのだろう。

「……本当に、お兄様が犬をけしかけた犯人なのね」

彼は眉根を寄せ、セラフィーナを長椅子へ誘った。並んで座ると彼は胸を押さえて顔をしかめた。

「痛む？」

「ちょっとね。さすがに打ち身は免れなかったみたいだな」

「肋骨《ろっこつ》が折れたんじゃ……」

「骨折の痛みはこんなものじゃないよ」

おろおろするセラフィーナにエリオットは苦笑した。そういえば彼は脚を骨折したことがあるのだった。

彼は表情を改め、これまで調査したことを話してくれた。

「……信じられないだろうけど、それが事実だ」

セラフィーナは衝撃で呆然としつつ、力なくかぶりを振った。

「どうしてそんなこと……」

「きみを手放したくなかったんだよ。彼はきみを自分の所有物のように思っていて、横から攫おうとした僕が許せなかったんだろう」

「そんなの変よ……。わたしたちは兄妹なのよ？ お兄様はずっと優しかったわ。子どもの頃からずっと、お兄様だけがいつもわたしを気にかけてくれた。お兄様だけは味方だと思ってのに……っ」

『おまえは私のものだ。おまえが生まれたとき、そう決めた』

異様な執着をあらわにした台詞に、今さらながらぞわりと鳥肌が立つ。

エリオットはセラフィーナの肩を抱き、そっと撫でさすった。

「きみがかわいくてならなかったんだろう。誰にも渡したくないと思い詰めるほど、愛していたんだよ、きっと」

セラフィーナは激しくかぶりを振った。

「違う！　お兄様はわたしを愛してたんじゃないわ。自分に都合のいい虚像を愛してただけよ。まっさらで、あどけなくて……ただ無心にお兄様を慕って依存するだけの、無力なわたしを……」

それは兄が『自分のもの』と決めた、生まれたばかりのセラフィーナそのものだ。

セラフィーナは自分の傷痕にそっと触れた。

「この傷痕を、醜いとお兄様は言ったわ。嫌悪に思いっきり顔をしかめて……。これがどうしようもない汚点だと思ってる」

兄にとってこの傷痕は、真っ白なシーツにぽつんと落ちた真っ黒なしみ。ただただ汚らしいだけの忌まわしいものだった。当然、目に触れないよう隠さなければならない。

さらにそれを利用して薄暗がりの世界に閉じ込めようとした。もう二度と『盗人』が近づくことのないように。そしてセラフィーナ自身から出て行こうとする意欲を殺《そ》ぐために『おまえは醜い』『おまえは無価値だ』と繰り返し囁いた。

翼をもぎ取り、心をへし折って、鎖に繋いで飼おうとした。

生ける屍《しかばね》のような妹を飼い殺しにして、それで彼は満足だったのだろうか。これで逃げ出す心配はないと安堵していたのか。そう考えると空恐ろしくなる。

エリオットは小さく歯を鳴らして震えるセラフィーナの肩を励ますようにさすり、傷痕に優しくキスをして抱きしめた。

「きみは綺麗だよ。誰よりも美しい。きみを見て眉をひそめる輩は残らず抹殺してやる」

あながち冗談とも思えない口ぶりに、おずおずと苦笑する。

「数が多すぎるわよ、きっと」

「僕の大事な人が嘲られて黙っていられるわけないだろう!?」

セラフィーナは彼の頬に手を添え、真剣に瞳を覗き込んだ。

「いいの。たとえ世界中の人がわたしを醜いと嘲っても……あなたさえ心の底からわたしを美しいと思ってくれるなら」

「もちろん、僕にとってきみは絶世の美女に決まってる」

彼はセラフィーナ以上に真剣な顔つきできっぱり言いきった。セラフィーナはにっこりと微笑んだ。

「だったら何も問題はないわ」

唇が重なろうとした瞬間、気まずそうな咳払いが聞こえた。いつのまにか戻ってきていたアルヴィンが、目を逸らしながら告げる。

「ソーンリー子爵だが、馬車に乗せようとしたら急に暴れ出したので、やむなく腹に一発食らわせた」

「やむを得まい」

「それと、執事が怪我をしたので医者を呼ぶ」

「どうしたんだ？」

「子爵に殴られたらしい。どうも彼は俺の後をつけてきたみたいで……。申し訳ない。応対に出た執事が背を向けたたところをステッキで思いっきり殴り飛ばしたようだ。階段下の物置に閉じ込められ、先ほど半死半生で這い出てきたところを発見された」

「それで呼んでも来なかったのか……」

　エリオットは眉間にしわを寄せて呟いた。

「命に別状はないんだろうな？」

「大丈夫だとは思うが、念のためだ。殿下も診察を受けてくださいよ。肋骨にひびでも入っていたら事だ」

「わかった」

　しかつめらしく頷くと、アルヴィンは一礼してきびきびとした足どりで出て行った。

　エリオットは事件を表沙汰にする気はなく、ガブリエルの取り調べは王宮内で秘密裡に行われた。自ら尋問したいとウィルフレッド王太子が言い出し、女王の許しを得た。

ガブリエルがエリオット王子を撃ったことは言い逃れのできない事実だが、彼は妹を悪党から取り戻すためだったと言い張って譲らなかった。

犬をけしかけたことは認めたものの、こちらも妹を守るためだと強硬に主張した。尋問を続けるにつれ、彼の精神が完全に常軌を逸していることが明らかになっていった。

もはや彼の脳内では、エリオットは大事な妹をたぶらかし、連れ去ろうとする悪党でしかなかった。彼は王太子に対し、エリオット王子がいかにどうしようもない下種野郎であるか、病的な熱意を持って訴えた。

目をギラつかせ、唾を飛ばしてわめきちらすその様子はどう見ても異常だった。長年の友人であり、側近として信用していた王太子のショックは大きかった。妹思いだと感心こそすれ、まさかそこまで度を越した執着心を抱いていたとは思いもよらなかったのだ。

さらに彼はアリシアを妊娠させたのは自分だと誇らしげに明かしさえした。彼にとって憎いエリオットの婚約者を寝取って孕《はら》ませることは実に気分のよい仕返しだったのだ。

このことはさらなる波紋を呼び起こした。事実確認に呼ばれたアリシアは青ざめながらも当然否定した。ロックハート公爵も、悪あがきも大概にせよとエリオットを非難した。

彼は悠然と微笑して、伏せていた事実をついに口にした。

「何度も言うが、アリシアには指一本触れていない。大体僕は眠ったふりをしただけで起きていたんだ。あなたがたが交わした会話も最初から最後まで全部聞いてたよ」

「な……に……!?」

たじろぐ公爵に女王が眉をひそめる。

「どういうことですか。公爵たちが何を言ったというのです?」

「へ、陛下」

慌てて遮ろうとする公爵を女王はぴしゃりと撥ねつけた。

「わたくしはエリオット王子に訊いているのです。――答えなさい、エリオット」

「御意」

エリオットは優雅に一礼し、公爵父娘が交わした会話をよどみなく伝えた。聞くうちに女王の顔色が変わり、憤怒に眉が吊り上がる。

話が終わるとしばし黙り込んでいた女王は怒気のこもった氷のようなまなざしを公爵たちに向けた。

「娘を連れて今すぐ出て行きなさい。あなたたちの顔はもう二度と見たくない。公職をすべて解き、王宮への出入りも禁じます」

「陛下! わ、私は陛下のためを思って――」

「政治的助言なら王太子にしてもらいます。さいわいこの子は亡父のよいところをしっかり受け継いで、親の贔屓目を差し引いても出来がよく、非常に有能です。わたくしの在位中、きちんと補佐してくれるでしょう。あなたの助けは必要ありません」

「陛下、どうか……」

「出て行けとわたくしは命じたのですよ、公爵」

取りつく島もない目つきで吐き捨てられ、公爵はがっくりと肩を落としてとぼとぼと出て行った。アリシアが焦って父の背と女王を交互に見る。

「あ、あの、陛下――」

「失望しましたよ、アリシア。あなたのことは娘のように思っていたのに……。エリオットがどうしても応じなければ、他によい相手を見繕ってあげるつもりでした。でもあなたは自分で見つけたようね」

「え……？」

「ソーンリー子爵と結婚なさい。彼がお腹の子の父親ならば当然のことです。特別結婚《スペシャル・マリッジ・》許可証《ライセンス》を手配しますから、早急に結婚することね。あなたに残された道はそれしかないわ」

「陛下……っ」

「子爵がエリオットを撃ったことは特別に不問にしましょう。もちろん、彼もエインズリー伯爵夫妻も王宮への出入りは禁止します。それでも爵位を取り上げられるよりはずっとましではないかしら？　――さぁ、もう出て行って。これ以上わたくしを煩わせないでちょうだい」

アリシアはすすり泣きをしながらしおしおと退出した。廊下から公爵の怒鳴る声が聞こえてきたが、扉が閉まるとすぐに静かになった。

その後、できるだけ醜聞を避けたい両家の意向もあってアリシアとガブリエルは年末に慌ただしく結婚した。ガブリエルは謹慎を命じられて家に戻されたものの、ますます正気を失い、妹を捜し回って荒れ狂う。やむなく多量の鎮静剤でおとなしくさせ、両家の親族のみでそそくさと式を済ませたのだった。

エリオット王子とアリシアの婚約が突然破談になり、アリシアとガブリエルが急遽結婚したことで、社交界では様々な噂や憶測が飛び交った。

アリシアが妊娠していることや、エインズリー伯爵家の面々が女王の不興を買って王宮の出入りを差し止められたこともどこからともなく洩れ、即座に社交界に知れ渡った。

ガブリエルとアリシアが密通したことがバレて破談になったのだろうと人々は囁き合った。〈社交界の華《ソーシャライト》〉としてもてはやされたエインズリー伯爵夫人グロリアは姿を消し、シルヴィアが社交界の女王として君臨した。

伯爵一家は領地の荘園屋敷《マナーハウス》に引きこもり、世間との交流を絶った。厳重に伏せられてはいるが、跡取り息子が王子を銃撃したのだ。爵位も財産も取り上げられ、国外に追放されてもおかしくない重罪である。それを見逃してもらえるのであれば、黙ってアリシアを嫁として受け入れるしかない。

こんなことでもなければ、れっきとした公爵令嬢であるアリシアとの婚姻は悪い話ではなかった。婚前交渉の挙げ句妊娠していることはさておき、身分的な問題はない。

ただ、アリシアは婚約者であるエリオット王子を裏切ってガブリエルと通じたわけで、王家の心証を回復するには長い時間が必要になるだろう。少なくとも孫の代までかかるに違いない。

ガブリエルの精神状態はアリシアと結婚しても変わらず、夫婦仲はよくないどころか他人同然だった。彼は暴れることはなくなったが、相変わらずいなくなった妹を捜して屋敷中をうろつき回り、世話役の従者《ヴァレット》とメイドたちが付きっきりで世話をしている。

医師の診断では回復は難しいだろうとのことだった。セラフィーナを失った彼は喪失感から廃人同様になってしまったのだ。

跡取りがこんなありさまでは、いやでもアリシアが産む子に望みをかけるしかない。しぶしぶ迎えた嫁だったが、彼女が男の子を産んでくれればとりあえず伯爵家は安泰だ。

アリシアの腹部が目立ってくると、ガブリエルの状態は急速に持ち直し始めた。彼はどういうわけか彼女のお腹の中にいるのはセラフィーナだと思い込んだのだ。

やっと妹を見つけたと喜び、アリシアを妻と認識するようになった。正常とは言いがたが、その思い込みさえ除けば傍目《はため》にはまともに見えるくらいに回復した。

アリシアは認識のゆがんだ夫を気味悪く感じる一方で、妻として大事にされれば悪い気はしなかった。もともとエリオット王子と結婚して王族に加わった上でガブリエルとも愛人関係を続けたいなどと虫のいいことを平気で考えるような自己中心的な性格なのだ。

この家での地位を確固たるものにするためには何がなんでも跡取り息子を産まねばと思い詰めていたが、生まれたのが男の子なら、せっかく回復しかけた夫がまた狂気に陥りかねない。

このまま正気を保ってもらうには、やはり女の子のほうがいいかも……などと打算しながら、懲《こ》りるということを知らない厚顔無恥なアリシアは、いずれ社交界にも復帰する気満々だった。その望みが叶うことはおそらくないだろうが……。


煙たがっていた叔父と従妹に加え、セラフィーナを冷遇、虐待したエインズリー伯爵一家をも首尾よく追い払うことができてエリオットはご満悦だった。セラフィーナとの結婚もついに女王からお許しが出た。

結婚式は二月に行われた。セラフィーナの両親だけは特別に招待したが、単に花嫁に恥をかかせたり勘繰られたりすることのないよう気を配っただけであって、セラフィーナへの冷酷な仕打ちを赦す気は一切ない。

結婚式は王家の儀礼が執り行われる王都の大聖堂で行われた。ウエディングドレスのデザインはリオノーラが担当し、傷痕が見えないギリギリまで開けた胸元をレースで覆い、五分丈の袖口やスカート部分にもレースを多用したロマンチックなドレスに仕上がった。

祭壇前で宣誓をし、結婚指輪を互いの指に嵌める。婚姻の成立を大司教から告げられ、セラフィーナは胸がいっぱいになった。

エリオットがヴェールをめくり、そっと唇を重ねた瞬間、感動の涙が浮かぶのを止められなかった。

参列者から拍手が沸き起こる。セラフィーナの両親は複雑そうな笑みをおどおどと浮かべ、貴賓席では王太子と女王がにこやかに拍手を送った。

女王にはすでに何度か拝謁している。新人《デビュタント》として拝謁の儀に出そびれたセラフィーナのために女王は特別な謁見を取り計らってくれた。

新しく仕立てた謁見用ドレスで女王の御前にまかり出て、完璧なしぐさで深々とお辞儀《カーツィー》をすると、女王は感心したように微笑みながら頷いた。そして通常は差し出された女王の手に拝謁者がキスをするところ、自ら身を乗り出してセラフィーナの頬にそっとくちづけたのだった。

結婚式までの間に何度か舞踏会も催された。リオノーラのデザインした肩を覆うドレスを着れば傷痕はまったくわからない。もともとのデコルテの美しさを生かしつつ、凛《りん》としたたたずまいを演出する新しいドレスに、貴婦人たちは目を奪われた。

傷痕を隠すための悪あがきと嘲笑《ちょうしょう》する者もいなくはなかったが――特に年嵩のご婦人方――大半の貴婦人方は興味津々で、どこで仕立てたのかと熱心に尋ねてきた。

少し前、リオノーラがデザインしたドレスを女王が人前で着てみせた影響も大きかった。結局、社交界は良くも悪くも王族に追従するものなのだ。

実を言うと女王は斬新なドレスにあまり乗り気ではなかった。しかし、一度は結婚を許可したのに怪我のせいで態度を変えたのは軽率だったと反省したようで、セラフィーナを第二王子の配偶者として認めていることを世間にアピールするために我慢して着たのである。そして実際に着てみたら意外によさそうだと考えを改めた。

女王と王子の婚約者が新しいデザインのドレスを着ると、それまで全盛だったオフショルダーのドレスはたちまち時代後れと見做され、駆逐《くちく》されてしまった。オフショルダーのドレスで一世を風靡《ふうび》したグロリアが社交界から姿を消したことも追い風になった。

リオノーラは売れっ子デザイナーとなり、エリオットの後押しもあって王都の目抜き通りに店を構えた。入り口には王室御用達のマークが誇らしげに輝いている。

エリオットはセラフィーナの陰口を叩く者たちを絶対に見逃さなかった。それはもう徹底的な駆除ぶりで、あらゆる手を尽くして彼らを孤立させたり醜聞を暴いたりして社交界から追放した。

その冷酷非情なやり口には王太子も呆れるほどだった。やりすぎではとたしなめられても、『いずれ兄上が即位したときのためにも、貴族たちの裏事情は把握しておくべきだと思いまして』などと平然とうそぶく弟に、王太子は苦笑いするしかなかった。

そういった画策もあって、結婚式までの間にセラフィーナの評判は急上昇していた。野犬に襲われて怪我をしたのも、実は王子を助けるためだったのだと公然と語られるようになった。

事実と異なるのは、それがふたりのなれそめとされたことだ。

公園を散策中に野犬に襲われた王子を、たまたま散歩していたセラフィーナが見かけて咄嗟に助けに入り、大怪我をした。その勇気に感じ入った王子は彼女との結婚を熱望したが、ロックハート公爵の妨害でアリシアと婚約させられてしまう。

それでもひたすらセラフィーナを想い続けるエリオットに業を煮やしたアリシアが腹いせにガブリエルと密通、妊娠したため破談となった——という筋書きを、社交界人士は疑いもせず受け入れた。

さらにエリオットは彼らが世間の同情を引かないよう図ることも忘れなかった。あのふたりが悲運な恋人同士のように扱われてはたまらない。

王子を銃撃したことは伏せられたものの、違法な闘犬賭博を主催していたことが公表されてガブリエルは政界から追放された。

学友であった王太子が闘犬賭博に強い不快感を示したことで、彼の政治生命は終わったと見做されている。父伯爵は連帯責任こそ問われなかったものの、議会での発言力の大幅な低下は免れない。

家族が追い落とされていく様を、セラフィーナは哀しみつつ見守るしかなかった。

兄のしでかしたことはけっして赦されることではない。一昔前なら確実に斬首ものだ。

王子と知りながら獰猛な犬をけしかけ、真正面から殺意を抱いて撃ったのである。情状酌量の余地はない。

王宮からの追放だけでエリオットが手を打ったのは、ひとえにセラフィーナのためだった。すべてが明らかになれば彼女との結婚は許されない。たとえ女王が許しても、議会の同意を得ることは難しいだろう。実兄が闘犬賭博を主催していたことで結婚に異議を唱える堅物議員もいたくらいなのだ。

それらの反対意見をエリオットは巧みな弁舌で封じ込め、それまで彼のことを暢気な予備《スペア》と見くびっていた者たちを驚かせた。そしてついに彼は事件の発覚から二か月足らずでセラフィーナとの結婚を実現させたのだった。

結婚式の後、宮廷で身内だけの晩餐会が開かれ、それが済むとセラフィーナとエリオットは新居となる宮殿に入った。

結婚式までは郊外の館に留まっていたが、今後はここで暮らすことになる。郊外の館も別邸として引き続き使う予定だ。

寝支度を整え、暖炉の炎をゆったりした気分で眺めていると、身繕いを済ませたエリオットが入ってきてセラフィーナの隣に座った。

「疲れただろう」

「平気よ」

微笑んで軽く唇を合わせ、彼にもたれて暖炉で薪が爆ぜる音に耳を傾ける。

「ずいぶん長い時間が過ぎた気がするけど……あの事件からまだ一年も経ってないのよね」

エリオットも感慨深そうに頷いた。

「逢えない時間だけで何年も経ったような気がするよ。あの頃は、とにかく苦しくてたまらなかった。水の中で必死にもがいているみたいな……。時々ふっと現実感が曖昧になることがあるんだ。本当はまだ僕は必死にもがいてる最中で、これは幻覚なんじゃないかって。きみとこうして寄り添っていられることが、たまに夢のように思えて……」

セラフィーナは驚いてエリオットの顔を覗き込んだ。

「わたしはここにいるわ。ほら」

彼の手を頬に当てる。

「あたたかいでしょう？」

「ああ。ぽかぽかするよ、僕の暖炉さん」

彼は微笑み、唇を重ねた。セラフィーナは彼を抱きしめ、背中をそっとさすった。

時折彼は迷子みたいに不安げな貌《かお》になる。それは彼が負った心の傷の現れだ。禍々《まがまが》しい黒犬は、セラフィーナの肩と同時にエリオットの心をもずたずたに引き裂いた。

それを思うと絶対に兄を許せないという気持ちがふつふつと沸き上がる。

もう二度と、兄と顔を合わせるつもりはなかった。たとえ赦されて王宮へ上がったとしても、絶対に会わない。父と母にも。彼らはもう家族ではなくなった。自分とはなんの関係もない、どこか遠い国の人のように思う。

きっと、それでいいのだろう。

（これからはエリオットがわたしの家族）

ふたりであたたかな家庭を築こう。彼はそのために奔走《ほんそう》してくれた。まともな結婚なんてできやしないとセラフィーナが悲観的になってもけっして諦めなかった。そのおかげで女王にも認められ、こうして無事に結婚式を挙げることができたのだ。

失ったものはとても大きいけれど、本当に欲しかったものを得られたことに満足している。心の底から欲したのはエリオットだけ。彼の伴侶になって、あたたかく心安らぐ家庭を作りたい。

セラフィーナが望んだのは、それだけなのだから――。

耳朶をぺろりと舐められ、セラフィーナはびくっと身をすくめた。

「ベッドに行こうか」

頬を染めて頷くと逞しい腕に軽々と抱き上げられた。優しくベッドに下ろされ、甘いキスを繰り返しながら彼はセラフィーナの夜着を脱がせていく。

剝き出しになった肩に、エリオットはむしゃぶりつくようなくちづけを降らせた。いつもそうだ。彼は傷痕を執拗に舐める。まるで獣が傷を癒やそうとするかのように。

かと思えば軽く歯を立てたりもして、犬に襲われたときの恐怖が蘇ると同時にぞくぞくするような快感が湧き起こって眩暈を覚える。

傷痕を執拗に愛撫されるうち、セラフィーナはえも言われぬ快感を覚えるようになっていた。そこが新たな性感帯にでもなったかのように、傷痕への刺激がダイレクトに媚唇に響くのだ。

「あ……」

セラフィーナは小さな喘ぎを洩らし、彼の背にすがりついた。軽い恍惚が訪れ、びくびくと蜜襞が震えた。エリオットが低く忍び笑いをし、乳房を捏ね回しながら囁いた。

「感じやすいね。今、ちょっと達っちゃっただろう?」

「ん……」

恥ずかしげに頷くと、満足そうにチュッとキスされた。彼の指が花唇を割り、大胆に媚肉を掻き回した。

「すっかり濡れてる」

ぬるりと指が隘路に滑り込み、くちゅくちゅと抽挿を始めた。セラフィーナは甘く喘ぎながら動きに合わせて腰を振った。今ではもうセラフィーナの身体は愉悦を覚え込み、貪欲にそれを欲するようになっていた。

嬌声を上げ、淫らに腰を振りたくって絶頂に駆け上がる。エリオットの指を深く銜え込み、セラフィーナは早くも二度目の恍惚を迎えた。

快感に蕩けた瞳をエリオットは愛しげに覗き込んだ。

「かわいいセラフィーナ。気持ちよさそうだね」

こくんと頷くと彼は目を細めて膝を摑んだ。大きく割り広げられ、濡れそぼった媚肉がぱくりと割れる。恍惚の余韻にわななく蜜口に、彼は屹立の先端を擦りつけた。

「欲しい？」

「欲しいわ。早く」

ふふっと笑って彼は腰を進めた。怒張した楔がずぷぷっと花筒を貫き、セラフィーナは甲高い嬌声を上げた。

「あぁあっ……！」

極太の肉棹でみっしりと隘路を埋められる快感に背がしなる。のけぞった白い喉元に彼がキスすると、腰が密着していっそう深く雄茎が入り込んだ。

セラフィーナは痺れるような快感を覚えながら喘いだ。

すっかり慣らされてしまった、この充溢感《じゅういつかん》。硬く張りつめた肉竿で隙間なく埋められ、ごりごりと突き上げられる快感に抗うすべはない。

エリオットが腰を打ちつけるたび、ぱちゅぱちゅと淫らな水音が響く。掻き出された蜜が結合部から滴り落ち、さらに奥から蜜があふれる。

「ン、ンッ、んぅっ」

忙しなく喘ぐセラフィーナの口端からとろりと唾液がこぼれた。思う存分突き上げ、さらにセラフィーナを絶頂へ追い上げると、エリオットは媚壁のきつい締めつけを心ゆくまで堪能した。

彼は蜜壺から剛直を引き抜き、悦楽の涙で濡れたセラフィーナの目許にそっとキスした。

「後ろを向いて」

言われるままセラフィーナは気だるく身を起こして後ろ向きになった。伸びをする猫のように尻を高く掲げると、エリオットの手が臀部を摑んでぐいっと広げた。

ひくひくと痙攣し続ける花びらに、彼は躊躇なく顔を近づけた。

「ひッ……！」

じゅっと蜜を吸われ、セラフィーナは裏返った悲鳴を上げた。

「んぁっ、あんん！　ぃや……っだめぇ……」

か細い声で訴えたが、エリオットはかまわず蜜を吸い、尖らせた舌で隘路をこじりながら舐めしゃぶった。

じゅるじゅるとわざと音を立てて吸われ、セラフィーナは耳まで赤くなった。

「や……音立てないでっ……」

何度身体を繋げても、セラフィーナは媚肉を口淫されるのが苦手だった。嫌いではないが、どうにも恥ずかしくてたまらない。湯浴みで念入りに清めた後でもやっぱり恥ずかしいのだ。

知ってるくせに、エリオットはけっしてやめてくれない。指や太棹で抽挿されるのとは違って、やわらかな舌で肉襞をこじられるのは、妙に背徳的な感覚がつきまとう。それだけに、どうしようもなく倒錯的な愉悦にセラフィーナはむせび泣きながら腰をくねらせた。

ぶるぶると震える太腿を、熱い蜜が唾液と入り交じって伝い落ちる。いつしかセラフィーナはとろんとした目つきではぁはぁと喘ぎながら無心に腰を蠢かしていた。ちゅぷっ、くちゅ、と彼の舌が蜜をすすり、柔襞を探る。

「ふぁ……ぁ……」

焦点の合わなくなった瞳が悦楽に蕩ける。堪えきれずに媚肉が痙攣し始め、セラフィーナはシーツを握りしめて迸る快感に身をゆだねた。

エリオットは濡れた唇をぬぐい、艶美な笑みを浮かべた。

「本当にかわいいな。必死に我慢して、我慢しきれなくなったときの表情がたまらない。……だからいじめてしまうのかな。ごめんね」

甘く囁いてぐったりとしたセラフィーナの腰を引き立たせると、彼はことさらゆっくりと挿入した。潤んだ瞳が脆く見開かれる。淫刀が蜜鞘にずるずると滑り込んだ。

「あ……ぅ……ッ」

「……ふ。最高だ」

エリオットは熱い吐息を洩らし、セラフィーナの腰を引き寄せながら胡坐《あぐら》をかいた。その動きでさらに深く屹立を突き立てられ、濡れた目を瞠る。

「……ッ!」

こわばる身体をなだめるように撫で、首筋に舌を這わせながら彼は上気した乳房をねっとりと揉みしだいた。

「セラフィーナ。僕だけの美しいセラフィーナ」

耳元で歌うように囁かれ、ぞくぞくと快感が込み上げた。

「あ……ぁ……んぅ」

小刻みに腰を穿たれながら、乳房をぐにぐにと捏ね回され、深くくちづけられる。さら

に舌を吸われると度を越した快感で涙がこぼれた。

「ん……ん……んッふ」

熱い吐息を洩らし、懸命にくちづけに応えた。エリオットの息づかいが次第に荒くなり、体勢を変えて荒々しくのしかかってくる。

怒張しきった凶猛な楔をずくずくと打ち込まれ、セラフィーナは嬌声を上げて悶えた。視界でチカチカと星が瞬き、エリオットの動きがいっそう激しさを増す。続けざまの絶頂に下りてきた子宮口を屹立が小突き上げ、ひときわ濃厚な蜜が滴り落ちた。

「あ……あ……も……ッだめ……」

無我夢中で口走ると同時に欲望がはじけ、熱い奔流が蜜壺にどぷどぷと注ぎ込まれる。手足の先端まで痺れるような絶頂感にうっとりと放心していると、優しく抱き寄せられ、セラフィーナは余韻に浸りつつ甘い吐息を洩らした。

「今夜も素敵だったよ」

頷いて胸板にもたれかかる。エリオットの手がゆっくりと肩を撫でていた。

とろとろとまどろみに落ちてゆくセラフィーナを愛おしげに見つめ、彼は瞼にそっとくちづけた。

愛しいセラフィーナ。やっときみを手に入れた。

もう誰にも邪魔はさせない。

きみは僕のもの。僕だけのものだ。

きみが想像するよりずっと、僕はこの傷に魅せられている。傷痕を目にするたび、僕は深い満足を覚えるんだ。

だってきみは、この傷によって僕への愛を永遠にその身に刻んだのだから。

美しいセラフィーナ。

本当はね。僕もきみを秘密の場所にしまい込んでおきたいと心のどこかで願ってる。

でもそれじゃ、あの糞野郎《くそやろう》と同じになってしまうだろう？

僕はキラキラと輝くきみが見たい。きみは多くの人に称賛されてしかるべきだ。

だから僕は傷痕を独占することで我慢することにしたんだよ。

「この傷痕を誰にも見せてはいけないよ。これは僕だけのものなんだから」

囁くと、眠ったとばかり思っていたセラフィーナが薄目を開けて微笑んだ。

「誰にも見せたりしないわ。そのうちみんな、傷のことなど忘れてしまう。覚えているのはあなただけになるわ。そのときこそ、きっと……」

「セラフィーナ？　眠ったのかい……？」

優しく頬を撫でると、セラフィーナは幸せそうな笑みを浮かべて眠りに落ちていった。

ねぇ。知ってるかしら？　エリオット。
わたし、あなたに印を刻みたかったのよ。あなたはわたしのものだという印を。
そして刻んだの。
深く、深く、あなたの魂に。
自分の傷痕を、そっくりそのままあなたの魂に、ね。
放さないわ、エリオット。
ずっとずっと一緒にいる。
だってあなたは、わたしが離れればすぐにも壊れてしまうのだから――。

あとがき

こんにちは。このたびはソーニャ文庫での二作目、『その傷痕に愛を乞う』をお読みいただき、まことにありがとうございました。お楽しみいただけましたでしょうか？

目立つ傷痕のあるヒロインを一度書いてみたかったのですが、ジャンル的に難しく……。今回も無理だろうなと思いつつプロットを出したところ、傷痕に執着するヒーローというのがおもしろいと言っていただいて書くことができました。ありがとうございます！

というわけで、今回のヒーローは（も？）だいぶおかしいです。

前担当さんに言われたことがあるのですが、根っからヤンデレというより、なんらかの悲劇的出来事のせいで病みスイッチが入っちゃうタイプのヤンデルくんが好きみたいです。もともとスイッチは持ってるわけですけどね。

ヒロインも溺愛される一方というより、やっぱりどこか変。前作もそうでしたけど。たぶんフォリ・ア・ドゥ（ふたり狂い）っぽいシチュエーションが好きなのでしょう。

そして今作ではヒロインの実兄が完全にイっちゃってる人で諸悪の根源なんですが、小《こ》緑《ろく》先生によるイラストが素敵すぎてもったいないくらいでした……！

まぁ一応美青年設定ではあるんですけど。兄妹というのは置いといて、いくら美青年から熱愛されてもヒロインにその気がなければひたすら迷惑なだけということで。

そういえば、前作では実父から異様に執着されるヒロインが義兄に救われる話でしたっけ。ひょっとしたらこの二作、微妙に対になっているのかもしれません。

そろそろ謝辞を。担当編集様にはプロット修正から改稿までいろいろとお力添えいただき、ありがとうございました。そしてイラストの小緑先生とは何度かご一緒させていただいておりますが、今回もあまりの麗しさに感涙の嵐です！　本当にありがとうございます。ヒロインかわいい！　ヒーローかっこいい！　ついでにゲス兄まで美しい!!

ということで、読者の皆様におかれましては美麗イラストをご賞味しつつ本文も楽しんでいただけたら嬉しいです。いつかまたどこかでお会いできますように。ありがとうございました。

Sonya
ソーニャ文庫

この本を読んでのご意見・ご感想をお待ちしております。

◆ あて先 ◆

〒101-0051
東京都千代田区神田神保町2-4-7 久月神田ビル
㈱イースト・プレス　ソーニャ文庫編集部
小出みき先生／小禄先生

その傷痕《きずあと》に愛《あい》を乞《こ》う

2023年6月8日　第1刷発行

著　　者　小出《こいで》みき
イラスト　小禄《ころく》
編集協力　adStory
装　　丁　imagejack.inc
発 行 人　永田和泉
発 行 所　株式会社イースト・プレス
〒101－0051
東京都千代田区神田神保町２－４－７ 久月神田ビル
TEL 03－5213－4700　　FAX 03－5213－4701
印 刷 所　中央精版印刷株式会社

ISBN 978-4-7816-9748-2
定価はカバーに表示してあります。